Books
北岳好书

郭保林 著

在时间的旷野上

致敬黄河

山西出版传媒集团 北岳文艺出版社
·太原·

图书在版编目（CIP）数据

在时间的旷野上：致敬黄河 / 郭保林著．-- 太原：北岳文艺出版社，2024. 8. -- ISBN 978-7-5378-6907-2

Ⅰ. I227

中国国家版本馆 CIP 数据核字第 2024EM5161 号

在时间的旷野上：致敬黄河

ZAI SHIJIAN DE KUANGYE SHNAG：ZHIJING HUANGHE

郭保林 / 著

//

出品人
郭文礼

选题策划
李向丽

责任编辑
李向丽

装帧设计
张永文

印装监制
郭　勇

出版发行：山西出版传媒集团・北岳文艺出版社

地址：山西省太原市并州南路 57 号　邮编：030012

电话：0351-5628696（发行部）　0351-5628688（总编室）

传真：0351-5628680

经销商：新华书店

印刷装订：山西人民印刷有限责任公司

开本：889 mm × 1194 mm　1/32

字数：180 千字

印张：8.25

版次：2024 年 8 月第 1 版

印次：2024 年 8 月山西第 1 次印刷

书号：ISBN 978-7-5378-6907-2

定价：68.00 元

郭保林

山东聊城市冠县人。作家，诗人，中国作家协会会员。已出版散文集《阅读大西北》《线装的西域》《千古墨客》《回味：沉默的风景》《在太阳深处：郭保林经典散文》《白桦哭遍树林》，长篇报告文学《高原雪魂——孔繁森》《塔克拉玛干：红黄黑》《谔谔国士傅斯年》《大江本纪》等 40 余部作品。曾获中宣部精神文明建设“五个一工程”奖、中国传记文学优秀作品奖、泰山文艺奖等。

序　言

我爱诗。

我在青少年读书时代就爱读诗，背诵诗歌，且不说唐诗宋词，连现当代诗人的诗作也背诵，后来我阅读国际大师级诗人泰戈尔、普希金、歌德、海涅、拜伦、里尔克等人的诗集，还有俄罗斯白银时代的阿赫玛托娃、茨维塔耶娃，深感诗的浩瀚、宏伟，境界的深远、壮阔。无疑，诗是人类灵魂的“无恶之地”。

二十世纪六十年代末，我开始写诗，也写散文，写小说，发表一些幼稚的诗作，八十年代初我停止诗歌创作，也放弃了写小说，专攻散文，进而撰写长篇报告文学，但我并没有忘记读诗。我书架上的诗集比散文集还多，国内名家、外国诗歌大师经典之作，赫然入目，经常翻阅，我始终认为诗是文学的最高境界。有时刊物来了，我往往是从后往前看，因为最后的栏目一般是诗歌小辑。

诗人要有丰富的触角，对生活持有敏锐的感觉，我写散文就吸收大量诗意，甚至写报告文学、小说也追求诗性语言，追求诗意之美。

这部诗集是近两三年的习作，多以黄河三角洲为背景，写河流、写荒原、写湿地、写大海、写滩涂、写花草虫鱼，写树木、庄稼。

我多次去黄河三角洲采风、采访，无论对人物、对自然，都做细腻的观察、深切的思考。黄河入海的宏伟气势，大河的肃穆、庄严、伟岸，大海的苍茫、辽阔、浩瀚，令我心潮澎湃。我时常坐在草地上，面对黄河、大海，像画家写生般地记录我的感受，有些诗的草稿就在草地上随意画达的。

我蹲在黄河岸边，捧起一掬浑浊的流水，热泪盈眶，这是母亲河的乳汁啊！我在湿地观察小鱼、小虾、青蛙、螃蟹，嬉戏和游动，那么自由、那么舒畅，心情感到无比喜悦。我欣喜能够撷取身边的生活，化为不成熟的诗行。

我知道写诗要有厚实的生活内涵，少有凌空蹈虚的幻想，要忠实于生活本身的诗意，集子中的诗作，都是我对生活的深切感触，饱含着我的真情。

把生命投入创作，以生命的感悟、情感、思想作为创作的根本，用笔墨勾勒出充满意味余韵的世界，而达到诗的境界。

旷野诗意上，我蹒跚行走，
这是一片亲切而又陌生的土地。
如何安置我的灵魂，
我需要精神的版图，辽阔的星空。

2024 年 5 月 6 日

目　录

第一辑　致敬黄河

第二辑　年轻的息壤

第三辑　那草支棱着，倾听大地的动静

第四辑　一只鸟儿从草丛腾飞

第五辑　与野豌豆的对话

第六辑　在时间的旷野上

第一辑　致敬黄河

我扶着时间走过

沿着长堤，我扶着时间走过
喊出河流的名字
黄河哗的一声涌流脚下
我喊一声壶口
千里黄河顷刻吐出一帘宏伟的飞瀑
伴着沙哑粗犷的黄河号子
歌声里有纤夫沸腾的热血，铮铮风骨

沿着黄河，我扶着时间走过
喊出李白的名字，他高歌
——黄河之水天上来
我喊出王之涣的名字，他长吟
——白日依山尽，黄河入海流
我喊出刘禹锡的名字，他悲叹
——九曲黄河万里沙，浪淘风簸自天涯
我喊出柳树的名字
——排排岸柳步伐整齐，向我走来
我喊出野蔷薇的名字，
它暗香浮动，伴着依依倩影和月光

白天鹅、黑颈鹤，欢歌相伴
我看见满树的柳丝向我摇曳
看看满岸野花冲着我款款微笑
风吹来，连白云也徐徐向我靠拢
我不能停止
黄河的风景从流水中汩汩涌出
每一页都璀璨绚丽，像夜空中的繁星

河岸边是大片的麦田
麦穗饱满，颗粒圆实
有着黄河尖锐的沉默，坚定的锋芒
我和黄河之间，有着子女与父母的眷恋
我和流水的深情
有着诗歌来自灵魂的源泉

如果你想体验人与自然的大爱
最好到黄河岸边沉思、缅怀
每道波浪都让你感到
生命与河流的距离
在爱与爱之间，是流水融会贯通
面对黄河，我不会有烦恼、忧愁
向前是大海，无边无际的舞场

我想亲吻你的浪花
我想亲吻你的波涛
还想亲吻你每一道涟漪
——寻找你的灵魂
我蹲下身子，掬一捧流水
浑浊的流水从指缝流淌
我哭了，喊一声“爹”
又大喊一声“娘！”

沿着黄河，两岸是时间的旷野
它们的全部情感都被太阳晒过
还有一分星光，几分月色
赤褐、金黄，色彩浓重，情感深沉

自由的鸟穿过自由的风

我来到黄河岸边，观河、观水
这水有一种奔涌千里的力量
它信心坚定，信念倔强
雄浑、大度、稳健、沉静
它的情绪心态用水的语言表达

它从无尽的时间流过
它从广袤的空间流过
黄河走到这里是沙滩
大海走到这里是岸滩

河与海融汇一起
这气象使人思绪飞扬，精神腾展
自由的鸟穿过自由的风
在这广阔的河之渚、海之滨独自演唱

水是有边界的，水的边界又是无限的
远游的鱼、丰茂的植物、飞翔的鸟群
都会把水带走

带到遥远的地方
带到世界的彼岸
带到时间的终点

我倾听黄河
听它的浪语，听它的涛声
听它的呼吸，听它的哀叹
它的内涵比我们想象丰富

站在岸边，看一川流水
如此安详，如此雍容
想它童年的幼稚，青年的莽撞
中年的飞扬跋扈——
撞大山，跳龙门，任性而荒诞

文字出现是从河水获取了灵感
李白的诗句，王之涣的绝唱
王维的长吟，刘禹锡的悲叹
他们名垂千古的诗句写出
黄河的气质、风貌、精神、情感

河水以湿冷的语言，讲述自己的身世
历史的沧桑，人类命运的巨变

连生命凝重的呼吸
都深深地植入流水的丹田……

我捧起一掬河水，眼泪也有些浑浊
每一颗砂粒都经历千辛万苦的磨难
它来自遥远的黄土高原
落户在东海荒凉的海滩
这土地是一个巨婴
整个大海都为它洗礼
恍惚间我看到，黄河母亲身影的出现
隐隐传来母亲的声音

黄河入海

几千千米的坎坷
几千千米的挣扎
几千千米的奔涌，呐喊，咆哮
跟头骨碌一口气，奔腾到这里
忽然变得沉静，稳健，大度

一朵云彩多么漂亮
像帆一样飘扬在远海
浑浊的黄河用自己的方式
向远处的大海打招呼

大海敞开胸怀，海浪与河浪腾起
那是雄性和雌性荷尔蒙的飞溅
水和水血脉相同，还有共同上善的品性

这里有雪山之魂
这里有高原风骨
这里有莽原的秉性
这里有清风的气度

黄河，你用母亲的乳汁，父亲的血性
营养五千年的参天巨树
那磅礴的根须深扎在东方古大陆
你的气势，你的威严，你的智慧和信念
辉耀着民族精神之光

古老的长安，巍峨的长城
汉唐的血气，古丝路的荣光
龙的子孙，汉民族的肺活量
秦皇汉武，唐宗宋祖
携着梦圆之思
若浪若奔，走向大海

没有浮躁，没有失重
凝天地之静
聚五千年华夏气脉于丹田
为完成一个民族沉重的嘱托
向前，龙的传人在远航

浩瀚的大海，波浪逐着波浪
水鸟在海空自由地飞翔
天苍苍，水茫茫

神秘的大海，辽阔的远方

海浪招手，海风呼唤
大海赋予了黄河起飞的翅膀
黄河耸起波涛，奋身飞去
辽阔的海空，一颗自由之魂在歌唱

黄河口的风

走近黄河入海口
我读一卷史诗最璀璨的尾声
这是一幕情节跌宕、风雷激荡的大剧
谢幕时气派宏伟
沉郁、苍健、雄浑、大度
沸腾几千里的激情变得肃穆沉郁

九曲回肠，从九天抛下
大风搅起沸腾的历史
五千年的诗篇一页页翻过
波涛跌宕，诵读大河沧桑

你累了，黄河，请静一静
静是一种力量，静是一种品格
静可以淬炼气吞山河的胆魄
静可以默默积聚新生的力量

你行走在齐鲁大地上
卸去一路的忧郁和悲怆

把沉重的号子甩给身后苍野
张开有力的双臂
热烈地亲吻大海壮阔的意境

黄河口的风也潇洒、壮烈
河风、海风融在一起
展示沧海大地的非凡气度
风，像铁一样冷
风，像血一样热

雪中的黄河

下雪了，白花花的雪花，铺天盖地
茫茫雪野有黄河奔腾——
浑黄的流水是大地一道伤痕
黄河对雪并不陌生

它幼年见过，那处女般的雪山
那积雪的线条，以饱满的笔触
勾勒出群山白象般的雄健
它见过更美的雪，更大的雪
青藏高原的雪，河西走廊的雪，中州大地的雪
大雪僵化它的躯体，并没僵化它的思想
它思维清晰，浪花抱着雪花，举步维艰
一场雪，是另一场雪的葬礼

它见过诗人的雪，胡天风急雪片阔
它见过陕北高原的雪，四边伐鼓雪海涌
它见过红色的雪，血洒雪野艳如花
它见过乡村贫穷的雪，又白又冷又低贱
冻伤少女的小脸，男孩的小手臃肿而皴裂

黄河母亲流泪了，泪流长长直到东海
黄河三角洲的雪，轻如云，白如玉
给母亲做一件素衣，像天使
过节了，要有新春的气息

荒原写生

平凡是年轻的画家
他约我去荒原写生
我们乘车奔驰到海滩荒原
美景铺天盖地般扑来

荒草、野花、荆棘、灌木
葱茏、茂密、葳蕤、野性
平凡用诗人的双手铺展画板
漆管里盛满赤橙黄绿青蓝紫

他挤出两种染料
一种是大海日出
一种是黄河日落
把诗的语言还给荒原
这是黄河入海的原著

我站在他的身后
专注他肆意涂抹，挥洒油墨
把空气、雨水、阳光、草木

与人心融为一体
他点燃一支烟，烟雾没散去的是梦想

平凡有构思，有各种诱惑
天鹅、白鹳、苍鹭，还有伯劳、遗鸥
都纷纷飞来，在画板上做巢
万物复原大自然的再版

黄河石

我随着黄河走
发现黄河滩一块石头
它来自遥远的昆仑山
还是太行山那寂寞的小山村

那石头有棱有角，并不圆润
带着青藏高原的血性
还凝聚着一路的日月星辰之光
几经河流颠簸、跌宕、冲刷
一路坎坷，仍不失风骨

石头沉默不语，静静站立在那里
岁月是一把雕刀，刻一身精美的细纹
那石头散发着奇特的哲学之光
一道道皱褶，是哲人踏过的小径

而突兀的棱角上站着李白
贴近，会听到“黄河之水天上来”的长啸声
诗人的气质注入石头的躯体

有昆仑山峥嵘的风骨
有冰川雪峰的澶澶节操
人们不知石头的名字
有心人命名为黄河石

母亲的刚强坚硬，赤裸着自己
以沉重的泪水雕塑着真善美

河滩上有块石头，沉实凝重
没有悲伤，没有惊喜
冷眼观世，任岁月和风雨洗礼

日落黄河

哦，告别的光璀璨壮丽
硕大一轮落进滔滔黄河
黄河的家已迁移海上
你流浪了整整一天
累得脸色发黄
你想投靠黄河
却难以成就
“黄河落日圆”的经典

虽说河流眷恋大海
夕阳却不是大海的儿女
你的光是梦的诗意与幻影
浩瀚的太空色彩斑斓
天堂的罂粟花正在盛开
那种毒气也带有芬芳
记住夕阳
越是美的东西越易藏垢

你信赖黑夜

大海不会接受你

只有海那边的山冈

供你歇息

在朦胧的远方

你的灵魂像深沉的谜一样

自己的河

一条河从我故居门前流过
这是自己的河，哪位诗人
没有自己的河，舍弃它
还会有诗歌喷涌情感的浪波

这条河的名字叫马加河
谁命名的，意义又是如何
河水清冽，泛着粼粼细波
它从哪里来，又向哪里去
滔滔的浪涛，深沉的旋涡

我常常在河畔散步
早晨，霞光赋予我一身朝气蓬勃
黄昏，夕照壮我浑身骨骼
我盘点人生的得失
调整步伐，走向新的生活
那沉沦的日子，那人生的挫折
是河水鼓励我，鞭策我

曲折，坎坷，顽石的阻遏
才是大河奔腾的生活
阴郁的日子，暴风雨到来的时刻
奔腾的流水热血澎湃，纵情高歌

马加河是属于我的河
我自豪地说，我属于马加河
我年轻最闪光的岁月
曾伴着河水流淌，风霜雨雪
生活对于我，似乎从来缺乏温柔

我走向河边
借马加河一缕清风清除沸尘
借马加河一掬碧波洗去龌龊
喝一口清澈，我心山峦一样巍峨
一河的风景鼓励了我，教育了我

我体会了生活的苦乐
我理解了追求的艰难困厄
河水照出我的身影
我认识人生意义和价值
猪羊总是成群结伙，只有雄狮猛虎
独来独往，面前是空旷辽阔

什么高山，什么莽林，什么险壑
它们都是瘦削的词，不必避躲

我有一所小小院落
墙外便是宽阔的田野
田野上奔腾着我的河流
我在河边找到了锁钥，去打开世界
天赋予我坚强，河赋予我坚韧
一切苦难，磨炼，曲折
在我命运中必然开花结果

我门前流过的河是马加河
马加河不论是晨昏或静静的夜里
都唱着一首教人昂扬的歌
每个人都有自己的领域，自己的河
哪怕你离开时，送行的只有这条河

黄河号子

惊涛骇浪的呼号
从悬崖撞击悬崖
粗糙的吼声，粗粝的喊叫
惊得狐獾逃奔，飞鸟躲藏
没有旋律，只有沉重的起伏跌宕

一声冲破云霄
一声惊乱波涛
生命力量激情豪迈
每一个符号都是生死的博弈
每一句唱词都是同灾难的鏖战

我看见那赤裸裸的弯背成弓的腰
紧附着河滩碎石杂草
借助大地的力量，用深沉的歌声
给苦涩的日子以梦幻的安慰

用雾遮住流汗的脸庞
向河水洒下无声的泪水

从雾中传来沉重的橹声
身后留下痛苦跋涉的脚窝
在这里，我听见雄鸡形的版图
呼唤着大地和黎明

落　日

黄昏众神共同下葬太阳
在山顶，在莽林，在河流旁
在草丛，在田野，在诗行
太阳的尸首没有变冷，变僵
如同我的诗歌依然辉煌

茫茫黄昏，华美无上
烈火熊熊，地平线燃起灿烂的火光
太阳从早到晚
自由行进，路途遥远
独来独往

夜色裹尸布刚刚铺开
月亮——善良的守夜人
捧一丛鲜艳星辰祭祀在灵旁

水之魂

一

水，源自哪里？来自何方
它的故乡是大地，还是天上
它的父母是谁？姓张，姓王
有人说，水，雌雄同体
有女人的温柔、慈祥
也有男子汉的暴烈、刚强
天下人谁都可以卑视
唯对水必须敬畏、谦让

二

浪涛在海上呐喊
海风哭泣，其悲震天
大海在追思，在悼念
每条波纹的颤动让人心寒

海风停止哭泣

发出一声声悲叹
我想起许多水与人相关
济慈的名字写在水上
拜伦的墓碑竖在海滩
浅浅一湾湘江
屈原的灵魂浮在水面

白云的浪涛拍击天岸
世界醒来终结了狂乱
谁说水会克火
诗人的生命，依然是熊熊烈焰

一条独立行走的河

它本发源于一条大河身边
人说它是大河的儿子
本该跟随大河奔流到海

可生性倔强，怪异
偏偏，脱离大河的庇护
向南，向南，目标简单
穿过村庄，穿过田野，穿过沼泽
一路欢歌奔腾，不知疲倦

我问它，你何不随父母东流到海
它笑笑回答，每条河都应有个性
随大流，那是庸者的表现
我匍匐在地，却有
一个朴素的愿望——
给小草以温馨，给野花以温度
给蚯蚓以爱，给飞鸟以情

每一朵浪花都化为秘密

春夏秋冬，在纷乱的人间
我始终保持一个信念
我走过的地方终将留下春暖花开

我不是伟大的存在
但我的言行还有悲悯眷顾
大河向东奔流
南方的田陌等待我的亲吻
我不会停下脚步
给微小的双眸，送去温暖爱抚

广利河

有条小河叫广利河
为寻找它的源头，我奔波几十里
发现它源自黄河左岸的荒野
一眼莫名其妙的野泉，隐没在草丛中

泉水淙淙，流水潺潺，
形成一道溪流，固执地向南流去
大河东流大海，它没有追随黄河的脚步
特行独立，个性倔强，它说
随大流是庸人的恶性
势利眼是小人的品行

大地辽阔苍茫，自己的路自己选择
南部的小花小草，庄稼和树木
还有浣衣的村妇，洗澡的孩子
正盼望我们流过田野，流过村庄

小河流过一片沼泽，大地使劲鼓掌
水草们也热情欢呼，掀起浪花

小河流过一片沙滩
芦苇兴奋地摇曳着苍茫
金茅草伸出长叶
涌动潮汐般的喜悦

我来到岸边倾听小河的脚步
它无依无靠，没有背景
从起点到终点，澄澈清白一生
我问小河，为啥叫广利河
小河说，妈妈起的名字
妈妈是谁?
水
妈妈说，这个名字
翻译成汉语：广利众生

河西走廊的风

这是穿堂风吗
河西走廊的风扶着悬崖峭壁站起来
脚步声里有杂草，乱石和枯叶
当微风起时，像蜂蝶扇动的翅膀

天神什么时候吹口仙气
狂风如凶恶的兽群扑来
横扫，吞噬天地万物
黄的风，黑的风，沙的风，鞭打折磨

钢铁的力度，刀刺般犀利
太阳躲进黄风背后，白云逃之夭夭
那小树、小花、小草，被砍去头颅
在地上打着滚哭叫哀号
似乎世界的末日到来

天神的脾气谁能控制
现在是天神在呼吸
一切感性的杂物出现非理性骚动

夕阳喘着粗气，倾其最后的力量
给山野留下寂静和绚丽

随着一阵风暴凶猛扑来
河西走廊的辽阔和苍茫被卷进黑夜
那岩石支撑着耳朵，倾听黑夜的宁静
只有一条大河撕开夜色，滔滔奔涌
所有的风景都凝结成苍茫

在这里，我读懂了沧海桑田

人们告诉我，从前这里是一片汪洋大海
海浪翻卷，连山峰都在海中摇晃
大河滔滔千里，运载亿万吨泥沙
倾泻给大海，海浪呜咽着后退
大海愤怒地吐出又咸又苦的滩涂

南来北往的鸟儿，乐得狂舞
偌大的海滩，成为栖息的沃土
荒凉，荒凉，这里苦涩得羞于出口
我来到海滩，我遥望远去的大海
沉默不语，身后的大地，是草木旺盛的荒野

再远处是稻田，是麦田，是果园
西风里，海滩的父辈，捧起一个火亮亮的秋
海滩上，缺了桑树，我却读懂了沧海桑田
我站在海岸远望，海水、滩涂、良田沃土

我下意识地向大海挥挥手
海岸线的轮廓在收缩

在黄与蓝的交汇处，我读懂了沧海桑田
像另一乐章，刚刚有了序曲
陆地在持续，在加重，在弯曲
在这里我结识了黄河三角洲
属于暖温带，还夹有海洋性气候

黄河穿过贺兰山

千层万叠波涛穿过贺兰山
山峰的陡峭，巉岩的突兀
一抹倒影被流水卷走，无影无踪
仰望山顶渗出的苍凉
俯瞰山脚流水的苍茫

贺兰山，一座座山峰，刀一样插进我的视野
黄河水，激情翻滚张扬
一只雄鹰从山顶掠过
巨大的投影被波涛吞噬
鹰唳低落，合着涛声的雄悍

贺兰山刚烈、沉静、稳健
黄河水是热的，奔腾的，赤胆忠心
它用山的雄性，冶炼流水的肝胆
一波波涛声划过贺兰山的寂寞
寒风暴雪中流水不断
贺兰山每一块石头都壮如黄河筋骨
山峦的寂静，如同肃穆的文物、

流水的喧哗，如万马奔腾

静与动编织着跌跌撞撞的岁月

山河壮美，线条雄烈，绘出壮丽画卷

第二辑　年轻的息壤

情绪饱满的土地

你好啊，荒凉偏僻的湿地
安宁，荒芜，杂乱无章，又自然有序
野草任性，野花放荡
葱茏茂密的绿意，热烈狂放
无形的岁月之河在此流淌

谁说，这里是一片不守纪律的花园
幽深、清凉，花开花落，没有规矩
这里是一片草坪，清澈的小溪静静流淌
溪水里，到处是小鱼、小虾
还有水洼、水泊、水坑、水塘
湿地的血缘，紧连着水的骨肉
遍地闪烁着水的白光

水鸟在空中愉快地飞翔
还有蜂蝶，还有水蛇、青蛙
生命与生命，有声的，无声的，自由自在生长
在湿地边缘，走着成群的牛羊

这里摆脱了命运无形的枷锁
一切都可以任性，趾高气扬
走进湿地，我不感到穷乡僻壤
生命的沃土，滋长了创造的思想
不见泪水，不闻呻吟，没有悲伤

白云在湿地上空戏谑
微风细雨中比想象更美丽
每棵草都活出自己的年华
他们的身世使诗人再三品味

亲爱的朋友，当你走进湿地
到处奔涌着生命的力量
不是我激情过多，灿烂的自由
似幻影，呈现远古纯洁的形象

一朵白云轻轻从头顶飘过
云影惹得蝌蚪们追逐嬉戏
像幼儿园的小朋友争抢皮球
天空蓝透了，沉默不语

水里的游鱼
天上的飞鸟

芦苇、菖蒲、水藻，红蓼
呼出幽幽的香气
熏醉了一朵朵小花，还保密
这是一片情绪饱满的土地
因为它晒过太多的阳光

那雨很陈旧

荒凉的州野笼罩在蒙蒙细雨中
那雨很陈旧，却也多情
仿佛从杜甫诗里飘来
一路散发着大唐的芬芳

每一片土地，弥漫着水和潮湿的气息
野花芳香遍地，芦苇荻花漫飞
那些植物在梦中也葱茏茂密
好像整个黄海在它怀里

我常常去湿地，看鸟飞鸟栖
有些鸟儿无拘无束自由飞翔
有时也弄错时间，晨昏颠倒
忽闪着翅膀把暮色惊落一地

水泊里有一丛睡莲
主持莲花盛开的是一群青蛙
蛙鸣声令莲花火一样鲜红
睡莲是佛祖送来的花

莲花瓣落下是他前世的自己

这里的花，像我的诗
属于蔷薇科，从春季到秋季
苦尽甘来，如雨润大地

雨声，沙沙，淅淅，潇潇，霏霏
天籁的声音比诗还动听
只有青蛙蹦得高，戳破寂静的洞

芦苇静静伫立，金茅草一动不动
蒲公英张着小口，吸吮甘霖
龙须菜傻傻地淋一头雨水，也不甩一甩
雨给荒原带来久违的清新
连野玫瑰也漾起甜甜的笑庞
小鱼小虾更情致高昂
在水洼里蹿上蹿下，杂乱、张狂

我看荒原那么稳重
成群的白鹭借雨抒情
身边的虫鸣叫声很稠
是雨情，雨意，雨气，晶莹着心灵
一朵小花正学着孤独地灿烂

荒原到处闪光
每棵花草、每棵柽柳、每丛灌木都借着雨
展示蓬勃的生命，润物细无声
白杨树叶子闪着亮光，旋涡耀眼

雨中荒原正值芳华，青春饱满
露出爆炸的形状。

雨、风、空气、植被、树木
和名词的体量相比
形容词、动词、副词
都有点风轻云淡

雨下得低调、柔细、平静
茫茫细雨，茫茫的静
静是一种境界
天空黑得如同深深的睡眠

荒原风景

一条小溪朗诵着水的诗歌
蹦蹦跳跳从远处一路奔来
还携一路花影、云影、树影
像个调皮的孩子，一片也不带走
诗，被它朗诵得不成行
别别扭扭，连苇莺都感到羞愧

小鱼、小虾在泥水中吐泡泡
发出欢乐的嬉笑声
几只水鸟掠过天空
迷幻地看着自己的身影
想寻找诗意的栖居

小溪迎来一位少女，临流照影
两根小辫子系着两朵野花
鲜花般的小脸被溪流侵扰
像皱纹叠叠的老妇

瞧，这俏皮的流水

真会捉弄青春和美
谁来鉴赏这怪诞的浪漫
闪光的浪花，颤动的倒影
鸟儿飞过，一片动人的风景

荒原托起了辽远

远望是苍茫，近望是苍茫
苍苍茫茫构成雄阔，辽远
我眼前的荒原形象
就像春天形成的模样
风吹草低见牛羊
这里没有牛群、羊群，只有鸟群

只有印象主义的狂飙突进
才能抗争，现代社会中的灯红酒绿
人心浮躁是现代都市的通病
只有沉默的荒原
针灸，蕴意深远
针灸，内涵丰厚

荒原是生命的基因库
真正的诗人应该是自然之子
应该是自由之神
应该是天堂之鸟
爱情之魂

世事惊诡，日月倥偬
山水相依，天地相融
心灵的音乐，情绪的舞蹈
生命的形式，诗意的精粹
都是荒原的色彩和语言

在这里，视觉，嗅觉，感觉，幻觉
纵横交错。在这里，情爱，性爱
入魂入骨地呈现
在这里，给湖水、露珠、雨滴以青春的璀璨
在这里，给道路、树林、草地以明亮的存在
在这里，给大地万物以新鲜，饱满和辽远

大自然

三叶草和百合花的精致
野豌豆和野玫瑰的瑰丽
乔木的高大，灌木的茂密
天空、大海、土壤、空气
大自然无序却合情合理

忽然满世界沙尘和雾霾
夜在枯萎，太阳在哭泣
北极的雪山，南极的冰川
遥相悲伤叹息，失去寒冷的记忆
老牧人因草地沙化
瘦弱的羊群垂头丧气

旷野的审美价值丧失殆尽
枯树的昏鸦叫声也暗哑，低郁
大自然的组合中，许多动物失去栖息地
上帝赋予世界生物的多样性
被人类强暴地剥夺了生存权利

我们咒骂伤害人类
是我们自己泼自己一身脏水
地球患上血栓、脑梗，失去记忆
面对苦难的命运，这世界无法清理

清晨起来，我们需要一片草绿
我们需要晨光的明丽，蜂舞蝶飞
我们走进大自然的暗处
放眼望，是一片蓬头垢面，沦陷的春季

愿我这首诗作为墓志铭
在积垢之上，在尘世之上，高高竖起

走进荒野

铺在眼前是一片荒野
野草芳花乱荆，还有芦苇
乱嗡嗡的却是一片苍茫的沉寂
连鸟也乱了舞步，也许这舞台
太寥廓太古典太自然
从出蛋壳还未见到这景象

一条大河穿过茫茫草丛远去
驮着一轮夕阳，背负一天空旷
滔滔巨流汇起一群野性的波浪
天空只有一抹晚霞送行
海，就在那没皱褶的远方

有几只野鹤迷失家园
站在草丛伸长脖颈张望四方
其实荒野是永远的故乡
你看那鹌鹑，在草丛生活得多么安详
还有戴胜鸟，生了一窝小宝贝
雌鸟辛苦中又喜气洋洋

荒野是生命的摇篮
生命从这里出发
这里没有痛苦的挣扎
只有自由自在的成长
不要担忧末日的到来
那只是新生的起点
走在荒原上的小径
脚步要放轻，轻一点，再轻一点
别踩疼大地的神经

黑麦草

草，荒原上肆无忌惮的草
溢出浪漫和苍茫
那是荒原的潮汐
春荣秋枯
只有鸟儿守在身旁
没有词语，只有诗句

终生陪伴这片土地
生于斯，长于斯，终老为斯
叶片，根和茎，还有种子
连梦也摇曳，心也晃荡
每个活下来的物种
它们活在应该活的理由里
辽阔的荒野舒展着抽象的力量

鸟儿、蜂蝶、蛇和鱼虾
小伙伴们欢乐嬉戏
这也是根的秘密
在沼泽的小水洼中

小草高蹈于荒原之春

青蒿的影子含着泪水

大地静谧，野花因繁荣而沉默

荒原承受物语的呢喃

车轮走过

寻找一行迷路的诗句

孤岛林场

泡桐与蔷薇互不相识
却在这里结成友朋
槐树与加杨从未谋面
却在这里终老一生

这是一片林场，生命的伊甸园
草木虫鸟共济共生，野性气息很浓
大河更换一种方向，向大海奔流
留下一片沙滩，是它的遗著
可谁也不予理睬，任飞沙舞动

直到二十世纪六十年代，一批年轻人
来到飞沙狂舞的孤岛，治沙造林
不争论、不埋怨，心与心相连
每棵树苗像自己的儿女
虽然他们刚到谈恋爱的年龄

春天风沙，夏日暴雨，冬季漫天飞雪
他们在这里一笔一画，描绘未来的风景

天蓝，沙净，墨绿、深绿、浅绿
橘黄、中黄、大红、朱红、绯红
色彩浓淡，唤起生命的觉醒

孤岛有了灵魂，大河有了笑声
从沙地走向抒情之根
每一棵树都鼓出新生的幼芽
绿色的手臂表现出，生命的庄严
追随着黄河的流向，献给辽远的长空

这片黄色的绢纸上
绿的舞蹈，红的奔腾
理想的闪光，乐章的汹涌
看东海一轮朝阳正在冉冉升起
三十年后一片莽林绿意葱葱

黄河故道

我们村庄坐落在黄河故道身旁
一条大河曾从村后流向远方
它走了，走得很远，没有回眸
却留下雄壮的诗篇，沙丘连着沙丘
波涛汹涌，依旧是大河的形象

夏天和秋天这里天清日朗
芦苇和白茅还轻声歌唱
风的脚步，轻轻，没有分量
成群的麻雀从沙滩飞过
翅膀上沾满夏绿秋黄

最讨厌春天和冬天
光秃秃的沙岗，风也带着忧伤
风带着沙，满天飞扬
野兔躲进窝里
一家老小苦度时光

有一天，我坐在沙岗，那是无风的晚上

我听见有种声音从远方传来
声音沙哑、苍老
我对不起你们，给你们带来凄凉
这声音一遍遍重复
村里老人说，是黄河老祖宗的忏悔

我抬头望望迅速变幻的天空
一天星星清朗，一地白杨绿叶喧嚷
黄河之魂在远处微笑
只有瘦弱的风，一脸忧伤

寄自然保护区的信

一

走着，走着，身边的人
少了，越来越少
再往前走孑然一身
茫茫荒野，隐隐有一座目标在闪烁

谁说远方有诗，诗意如何
诗永远喧哗在心中
心是诗的巢，诗的家
在荒原上，许多陌生的诗
向你心灵的枝头飞来

二

荒原的尽头是大海
一片无际的黛蓝与天蓝融在一起
一群鸟儿填补这巨大的寂寞
芦苇，金茅，蒿草，荆棘

荒原用自己的元素编织荒凉
——其实荒凉是个大词，如同苍茫

一个年轻女子行走在荒原
使人想起印象派大师雷诺阿的《草丛小径》
她是鸟姐，鸟姑
群鸟与她的友谊，犹如母女

三

可以炫耀的槐树林
这是荒原一座绿色的群雕
槐花飘香的季节
连蜜蜂都加班加点，没有节假日
荒原是生命的基因库
草木，还有鸟兽虫鱼，上天格外眷顾

那座沙滩被称为孤岛
其实只高于海平面四米
早年是黄河跳槽的遗著
而今丛林葳蕤，林木蓊郁
传说和故事缀满枝头
创业者的精神氤氲其间

四

荒原和湿地同一血缘
斑斑驳驳的水洼，水泡
鱼虾、螃蟹、青蛙，还有水蛇
它属性不同，性格迥异
却能和谐，相融，吃住一家
它们讨厌鸟儿，可又喜欢这些歌唱家

鸟儿冬去春来
年年团聚，像过探亲假
有一群白鹳，风度翩翩
伸脖，昂首，鸣叫声像内蒙古长调
最爱唱歌的是云雀
小嘴甜甜的，音质尖尖的

五

艾略特为何诅咒四月的荒原
荒原的生命汹涌澎湃
花在开放，草在生长
连顽固的红柳也绽开粉红的小花

向着蓝天微笑，向群鸟道声“吉祥”

四月的风有节奏感
白天的风有力量，彪悍、猛烈
夜晚的风，温柔、轻淡、体贴
只有没有星月的夜晚变得嚣张

六

荒原是寂静
这不是平静，沉静，而是宁静
宇宙之静。大地脉搏，天籁之音
在生命的大舞台，各显神通
那草鲜绿鲜绿，看样子
它们在这里日子过得不错
粉色的、白色的、蓝色的小花
情绪亢奋，开得热烈、喧嚣
有股积极向上的正能量

七

一汪清澈的洼水，低调、平和
映着蓝天，草木和花影

一群小蝌蚪——黑色的精灵
游来游去，长长的黑尾巴
像少女的发辫被风飘起
它的母亲——一只青蛙蹲在灌木叶上
监护着它的儿女，有时它哇哇叫几声
是向黑色儿女发出警告——
一条大鱼从远方游来，来者不善
小蝌蚪们匆匆躲进一片草丛

八

水是荒原的母体
鱼则视为生命的图腾，
这里有水，有风，有阳光
有长空雁叫长空
有蜂蝶来去匆匆
它热恋花木，最接地气的民工

有几只白鹭、苍鹭，傲气凛然
飞翔的弧线也有诗意之美
而那天鹅则显出高雅尊贵
即使停立在那里，昂首伸脖
像指点流水拐弯的方向

九

现代人的失望和沮丧
感到生活无聊、烦闷、焦虑
求求荒原吧
“荒原能解答人类去向”
在熙攘繁华的城市
车流人浪，阵阵喧嚣
人人感到孤独、隔膜、失落
你看那倚着窗吸烟的男人
抑郁像烟雾一样弥漫脸庞

艾略特的荒原缺少水
缺水是生命的大忌
荒漠在背后虎视眈眈
新生和永恒共同守望又相互排斥
而荒原挽救了诗的芬芳
淡淡野花野草，小鱼小虾
你会感到生活闲适，
荒原教会思索，也教会生命自由和狂放

十

艾略特的荒原是一种意象
折射出一代人悲哀的梦幻感
残忍的四月，死去的土地
直射的阳光，无荫的枯树
赤裸裸的岩石，烦躁的蟋蟀声
他笔下的荒原是衰老、死亡、沉寂
荒原成为时代精神的象征
文明的堕落，精神的空虚
一代人的腐败，一代人沦丧
他渴求挽救神圣的“心之光”

伊甸园，玫瑰，鸽子，圣火
大千世界都笼罩着恐怖和死亡的阴影
艾略特的荒原却是一堆破碎的偶像
灵魂离开破烂发臭的肉体
不，灵魂曾利用这具腐败的肉体
不安的午夜
每一个声音，都使他惊惧

年轻的息壤

树林，荆棘
芦苇，金茅
莽原，苍野
几个词组，以坚强的全力编辑
三角洲的诗篇

泥沙沉积成岁月
河口吐出大海的啸声
一片海唇河口
打造年轻的息壤

落日辉煌了河也辉煌了海
回头再望五千里的故乡
一道道横断山脉
还有白发苍苍的母亲
伤心的泪水，涓涓流淌

悲壮、悲伤、忧郁、苍凉
落日的烈火烧沸海水

远来的黄河也被烫伤

黄昏使三角洲神秘，宏广

秋　天

这里刚刚收割了一片芦苇
淤地上亮出一汪清澈的水洼
远处的树林罩着谨慎而恣意的阳光
中午，我们走在广袤的洲野湿地
贫瘠、盐碱、无人涉足的荒凉

菖蒲依然绿着，红蓼依然红着
红的像火焰，绿的也像火焰
秋天的生命并非都是衰老和死亡
秋叶如花，诗意仍然蜿蜒
也许我们来得太早
也许秋天过于缓慢

我希望湿地变成一片牧场
秋天收割一场风吹草低的景象
天空湛蓝，阳光明媚慈祥
只是风偷来北国些许凉意
霜花趁夜，悄悄涂抹在草叶上

我看见湿地边缘榆树上
纤细的枝条在缓慢地延伸
一群蝴蝶扇动得草色萧索，河谷迷茫
这里不是一味的枯萎和苦涩
四周还弥漫着山菊花的芬芳

湿地呀，你只需要一缕春风
蒲公英就会撞见三月的阳光

早晨满带笑容

星光已经熄灭，太阳发红
我走进荒原，早晨满带笑容
芦苇如雪的絮绒
金茅洁白的线羽
宁静的荒原没有一丝风

我踩在阡陌小径
走得静静悄悄，脚步轻轻盈盈
跨着安详的脚步
耳畔只有生命生长的窸窣声
草木和大地万物梦醒
呈现崭新的面貌，新的风景

还有知更鸟的鸣叫声
像滴下来的晨露
滴进荒原裸露的寂静
深情、纯洁、晶莹
早晨那蜜汁般的光辉
雀跃、湿润、华美、喜气洋洋

我爱这荒原的早晨

还有浅蓝色的天空，美丽、庄严

这才是大地的黎明

年轻的画家

一位画家走进荒原
周围的野草和他的头发一样潦草
一只画板斜倚一棵粗壮柽柳
缤纷的颜料，随意泼在画板
这是草木葳蕤的荒原

一只俏皮的蝈蝈蹦在肩头
那动情的叫声，使画家兴奋
他的画不是荒原真实的写照
是借荒原抒发自己的感情

他的风景画有诗史的自然
他不是审视身边的风景
而是审视一个浓缩的宇宙
反照出整个人类的欢乐和痛苦

欢乐、谐谑、放浪、梦幻
还有哲理，求知的欲望
他的面额，出现棱角

刚毅、高贵、华严

一种潇洒，智慧的风度，因为——

他心灵有一片生机勃勃的荒原

夏天，用激情拥抱大地

起风了，并不强烈，先是窸窣，后是萧萧
风，翻阅着浩瀚的夏天
所有的寂静都和风说话
田野一片热闹的景象，很像夏季

风吹得玉米叶哗哗作响
风吹得地瓜蔓翻身坐起
风掀开路边蒲公英的小花
要捕捉躲在花萼背后的秘密

只见一片紫色苜蓿像婴儿呼吸
层层的绿叶亮丽得像一个新的世纪
白杨树、槐花树，还有刚刚被蜜蜂
采过花粉的老椴树
冷静地站在路旁，站在谷壑里
也打破了金属般的沉默

它们轻声细语，谈天说地
依次醒来，树林、花草、庄稼

在热烈的风中奏起乐曲
大气流好像来自遥远的山上
带来远古的生命气息

连睡进大地的古人也醒来
感到夏天生命的强旺，岁月的美丽
多少年来，多少梦呓
都在季风中张扬自己的情节
赤裸裸地摊晒一页页生命履历

还有初恋的秘密
草木有情，鸟鸣相应
还有海潮的汹涌澎湃
辽阔的风，苍茫的雨
还有粗暴的昼与夜
浩瀚的夏天用激情拥抱大地

大地的骨骼（组诗）

老槐树

大地静美，恍惚间，这里出现一片荒凉
一些野草租赁了这片土地，还未还本付息
茫茫荒原是生命的摇篮，也是死亡的墓地
一张丰腴的面孔，成就生命的奇迹

蓦然，有棵老槐树高高耸起
像大地竖起自己坚强的骨骼
它的故事坎坷、曲折
枝叶间闪烁着风的语言，命运的浮沉
雨雪风霜，大自然的炼狱
几经苦难长成一棵树的形象，傲然不屈

那些日子雾气弥漫
老槐树从雾里突围
在高远的幽蓝中，寻找被遮蔽的阳光
树干梗直，树叶的灵性，在风暴中呐喊
冲破尘世的浮华和荒芜

在宁静的地平线上，抒发真情实感

牛筋草

我在黄河三角洲湿地上发现了你
一棵根深叶茂的牛筋草
叶片宽厚，光泽油亮，匍匐在地
不浮躁，不张狂，不虚妄
扎扎实实竖立一棵草的形象

有蜜蜂飞来，你没有鲜花招待
有蝴蝶飞来，那轻浮的小厮看你一眼
转身飞去
只有苍蝇赖在你的胳膊上小憩
还有讨厌的蚂蚱，想讨你的便宜

你素素淡淡，平平静静，执着深沉
紧紧抓住大地，一动不动
风来雨去，霜打雪欺
只回报的是绿盈盈的笑意
还有天真的幻想曲——黑黢黢的梦，生命的梦
你的形象，修辞、结构、张力
你本来口吃，又爱沉默
朴实、坚韧和泥土的一样岑寂

荒原的夏天

夏天的荒原是生命的狂欢节
该开花的，花朵繁茂、鲜艳，如霞如霓
该拔节的，夜间也不停息，只争高大健美
该分蘖，枝丫肆无忌惮地扩充空间
夏天是万物竞争的季节
热烈、喧嚣、倾轧、厮杀，一场生命的博弈
大地的母乳，被吸得干瘪，枯竭

最忙碌的是蝴蝶
迷了路，始终挣扎在绿涛繁华中
分不清哪是荒野，哪是田园

蝈蝈在草丛中鸣叫，草木开始狂热
每片绿叶，都充满血性
天气预报，一脸庄严
但我们弄不清温度的身影
蝉在嗡鸣，一天到晚不换换自己的口气

狂风来了，暴雨来了，雷鸣电闪

夏季的脾气暴躁，背戾

雷雨风暴过后，荒原情绪更振奋

一片茂腾腾的苍绿，展示了夏天的气质风度

空旷的蓝

天是深远空旷的蓝
大海是波涛汹涌的蓝
蓝与蓝之间夹杂几朵白云
也产生蓝色的梦幻

空气是一场美丽的邂逅
像刚刚出生，幼稚，傻傻的爱
几只鸟儿用翅膀挑逗它
咯咯的笑声也蓝得发颤

黄河三角洲荒凉的原野
叫不上名字的小草、野花
像刚刚走出蓝色的故乡
它们的故事星星点点
却胆子大得惊人，想一口吞噬春天

从荒原吹来的风啊
却延伸到那空旷的蓝
蓝是大自然的胎记

遥远，古老、阔大

一见到它，风沙也胆怯，底气消然

岁月在我身上流荡

我浑身溢满母爱，我是摇篮，我是坟场
一切造物主都在我子宫里孕育
生与死，成长与放纵，开花与结果
一切生命在我身上恣情表演

南来北往的鸟在我胸脯上小憩
芦花绒线给它们覆上一层薄被
小鱼小虾自我牺牲的精神
感动得白鹤流泪，一向高傲的戴胜鸟
那美丽的彩冠也垂下沉默

一只狐狸从我胳膊弯里窜出来
灰色的野兔头也不抬地啃草
三角形的嘴像花瓣似的吮吸荒原的芬芳
还有獾从灌木丛中摇摇晃晃走来
脚步声惊醒憨憨地鼠的美梦

雷让我精神振奋，雨像爱神
我的内核我的职责鲜花草莽

乱荆与雀鸟虫鱼
冬天
夏天
我从不感到疲倦，我爱一切

我生命的储备仓是
我要平等地赐给万物生命自由和爱
我从不孕育秽恶，也不繁衍肮脏
我是荒原
艾略特并不喜欢，说我残忍
管他呢，我奉献堂堂正正的情和爱

我是鲜花，我是坟场
我是新生，我是死亡
生生息息，我的日子欢乐舒畅
风霜雨雪，春来秋往
我逍遥，我放荡，任你说短道长
岁月在我身上流荡

孤独者的灵魂

一颗灵魂抛在荒郊
这里没有高楼的林立
没有人流车浪的沸腾
没有灯火辉煌的喧嚣

安静、宁静，宇宙的静
笼罩着一片神圣和羞怯的静
灵魂茕茕孑立
远离所有的朋友
在不安的灵魂深处
还有一种孤傲决绝
奋搏的勇气在挣扎，在挣扎
在骚动，在蒸腾

孤独是孤独者的旗帜
孤独是生命强健的标识
在你眼睛深处
有种东西在燃烧
虽然遥远，虽然微弱

像天空中的星星
那是诗和远方

孤独是孤独者心中最美的感情
像夜晚，星宿成簇，孤月一轮
像白昼，太阳一出，苍穹皆空
你看远方的大海总是沉默不语
谁了解孤独心灵的深沉和广阔
海洋吗？大地吗？还是天空

空灵和苍茫

沿着荒草没膝的小径
悄悄地追捕这苍健迷茫的天境
心灵激荡
鸟儿从原始的荒野起飞
占有白云蓝天，撒一路清脆的天籁

这里没有苍老的疲倦
只有温暖柔和的微笑
还有芙蓉、秋海棠、紫茉莉、雁来红
还有蒿草、黑麦草、股颖草、绒毛草
还有柳树、法桐、白蜡树、意杨
还有小鱼、小虾、蛤蚌、螃蟹
还有画眉、白喉噪鹛、白脸山雀、珠颈斑鸠

青绿色的音符
枝头上一只朱鹮站成表现主义的艺术造型
黑脸、白脸、红脸、花脸
生、旦、净、末、丑，水、林、草、鸟、鱼
自持自稳的静态

融入一个鲜活独立的生命群体
粗糙、硬实、柔韧、蛮野、刚烈

有只野鸭被黄鼠狼咬死
芦苇丛中的水鸟彻夜悲鸣、哭泣
蝴蝶和蜜蜂若无其事，轻歌曼舞
天地如此广阔
爱和恨却那么渺小

流水依然奔腾，步履轻松
有水就有了冷抒情
有草木鸟虫鱼
这冷抒情便有了暖意
生命的曲线首尾相接
起点和终点重叠

美得虔诚
静得肃穆
与亘古的星月为友
同常常深沉的孤独相伴
所有的风景既空灵又苍茫

第三辑　那草支棱着，倾听大地的动静

大海边有片森林

大海边有片苍莽的森林
林涛海浪，和谐奏响自然之曲
这里存在野性的欢乐，野性的和声
亲爱的朋友，当你走进海边的森林
才知道大自然的怀抱温暖、亲切

这里的野花芬芳，野草青苍
青春的激情和生命的尊贵，覆盖一切
这里使你读懂生生息息的自然之道
忘却严寒，忘却风暴
阳光明丽，枝叶飘动，斑驳一地

身边的大海，涟漪叠叠，潮汐升降
浪涛的喧嚣，构成生命浩渺的海洋
森林不枯，大海永恒，生命强旺
我在树林，发现一尊墓碑
墓志铭献给一棵苍老的云杉
“孤傲、威严，并且自由
没有鲜花，芬芳也非虚妄”

在这里，没人与你说话
就和树木、花、草谈心
擦去野花小脸上的忧郁
扶正倾仄纤弱的草茎
一场暴雨过后
树林中弥漫松脂的芳香

在这里，海比天空辽阔
在这里，森林比大地深旷
在这里，树比人永恒

湖岸上的紫丁香

我徘徊湖岸
碧绿的草，像延伸湖的绿漪
一湖鲜活的皱褶里
夕阳下，有大片可删除的空间

湖岸有棵紫丁香
哪怕身处尘世也散发着浓郁的芬芳
很多人走过它的身旁
像阅读一部经典，或误读一部野史
那墨绿的叶子在紧密地呼吸
那赭红的花朵，对着阳光款款微笑
我不记得谁为它浇水、修剪、施肥
它全靠自身的力量，展示大自然生命的强旺

湖水冷静地凝望着它
虽近水却不能止渴
赤赤燃烧的盛夏
湖水急躁地泛起浪花
想跳到岸上给它幸福的亲吻

但湖水的祝福随风而去

紫丁香面容憔悴，身板挺立
也许饥渴从未发生
独竖一枝的芬芳，孤独并不孤傲
倒映的蓝天像帷幕一样颤动
当树叶悬挂着蓝色的雾气
湖风悄悄拂动它的思绪
紫丁香收编了漂泊的岁月
纯洁、沉静、多情，一身沧桑

一棵树在演讲

一棵树在演讲
它的声音清晰、爽朗
它激情洋溢，生动形象
它用叶子作为词汇
它用枝蔓编辑语句
叙述满树的沧桑

听众是满山的野草
一股荒芜之风吹来
打乱它的逻辑
它的演讲乱得一团糟

一只鸟儿飞来
替它整理杂乱无章的讲稿
断行的诗句，补上
凋零的细节，续上
爱和仇，真和善，丑和美
在编辑过程中，一一渗进去

我和鸟儿都在森林中
静听老树继续演说

树木和人类一样
雷击、电劈、暴雨的鞭挞
所有的苦痛、所有的疾病
瘦削的年头，茂盛的岁月

我们浑身装满了苦难
我们坚定信念——
那就是生命的永恒
战胜风霜雨雪，战胜疾病灾难
永远保持树的形象：顶天立地

我对小鸟说，能听懂树的语言
谁就懂得生命的真理

那树不拐弯抹角，句句朴实，口齿清晰
枝枝叶叶充满正能量
直到晚年还在争夺额外的领空
树是某种神秘的美学家
用整个生命塑造一处风景
抬头看，太阳正在升起，蓝天万里

黄须菜

吹过来又吹过去的风
在海滩上游荡
前面是大海
身后是荒原
这里没有脆弱的野草
黄须菜却长得像烈火一样

南来的风，北往的风
在荒凉的海滩上游荡
这里没有路标
这里没有边界
连白雪也迷失了方向
鸟儿飞来飞去不知故乡
车轮在这里失去运转的力量

导游小姐的旗语从未在风中张扬
黄须菜孤独生长，长成熊熊的火焰
长成朝霞，长成落日一样的辉煌
走在这沸腾的海滩

我懂得许多事情——
越荒凉的地方，越有美丽的生存
自然之美，神性之美，生命之美

抒情诗与荒凉没有关系
这里有千年不老的春风
这里有万代不老的阳光
秋天落地的声音，有一首歌最响亮
恭喜你——黄须菜，叶汁流出的都是乡音

白　茅

《诗经》里赞美你的圣洁芬芳
周王室祭祀神灵用你作贡品
捆扎成束，浇上祭酒，供神灵饮下
国泰民安，福满天下，一片平静
白茅成束，有女如玉

《诗经》里说："静女其姝，俟我于城隅
爱而不见，搔首踟蹰"
白茅还代表浓烈真挚的爱情
姑娘采来一束纯洁的白茅赠送情郎
这是多么美好的信物！

黄河岸畔，渤海滩头
通过你雪白的翅膀，我看清了生活
白有了荒凉，蓝有了广阔
晨光里，白毛如雪，随风飞扬
提纯了大地的品质
弘扬了荒原的品格
走进荒原，只要脚步轻轻

就能感到白茅丛在风中独自妖娆

白茅耐湿、耐旱、耐碱、耐苦瘠
有一把泥土便长一束浓郁的青春
车前草收割回乡的小路
白茅用一缕飞絮引你回家

苜　蓿

在黄河滩上，有一片茂腾腾的苜蓿
阳光妩媚，肥厚的叶子闪烁着光泽
一缕暗香随风飘逸，熏透了流水
多少年来，流水拍打着岸边
向苜蓿诉说着，远来物种亲切的眷恋

河水流淌着，苜蓿抱着阳光，枕着流水
落日和鸟影掠过的大地
五月，正是苜蓿生命的旺季
紫色的小花成簇成团，潮落又潮起
一株苜蓿像王，高高耸立，在这美好的时光
它大声朗诵神秘的诗句。

他鬓发混乱，意气飞扬
谁知一开口就被河水打乱
我听了一夜
散乱的诗句，还夹有浓重的乡音
那大地一言不语，一半沉默，一半沉睡

柽　柳

木之圣者为“柽”
柽柳也叫红柳，三春柳
枝条柔软，孱弱
它却有个很强硬的名字
——俄罗斯人的盟友“战斗柳”

高温、酷寒，炼狱中的苦难
忧郁，饱经忧患
干旱盐碱，不毛之地
依然见它青春的身影
柔中有刚，韧中有强
柔软的枝条，极具弹性

不高大，一米左右
高可仰视长空
低可俯瞰大地
小花小草的守护神
小鸟小雀诗意地栖居

一棵柽柳和一群柽柳
都有抗击盐碱的烈士形象
乍看形似一丛杂乱的灌木
那一簇簇燃烧的小花，却使荒凉绝望

春天醒来得早，细碎的芽儿
刺破旷野的寂寞，搅乱钴蓝的天空

兔尾草

那是一片沼泽、水泊、湿地
是黄河入海前留下的淤滩
遍布着芦苇、红柳、金茅，还有兔尾草
丛丛簇簇，葳葳蕤蕤，一片茂密
一只灰色野兔饭后在高埠上迈步
一副潇洒自由自在的形象
水是清的，草是鲜的
它真想为生活高歌一曲

一只狐狸蹲在红柳丛中
头埋下，眼抬起，佯装喝水
贼眼珠子一刻也不离野兔的形影
三两只地鼠在低洼处嬉戏
它们感到夕阳跟随自己下沉
夜晚才属于自己

野兔心满意足，兴奋得有些麻痹
狐狸闪电般地扑了上去
一口叼住野兔的脖子

当然，这不是考证搏斗的方式
大自然的生存法则如此严酷

大自然也蕴藏着生命的涅槃
灵敏、智慧，连兔尾草也懂得风中弯曲

百合花之家

我来到一座小山村
其实算不上村庄
几户人家错落在山洼
乡里人说，他们是村民小组

我住在一位种百合花的人家
没有院墙，四周篱笆开满百合花
百合花朵朵都吹着喇叭
像是一个合唱团，歌唱阳光和雨露
他家的百合花比山野上的美丽

红的争艳，白的斗奇，蓝的眩耀
粉红色夺魁，一身霸气
植物和人一样，倾力一搏
都有生命存在的理由，争得高下

种花老人喜欢他的百合
像照顾孩子般照顾鲜花
浇水锄草，也施肥

花的院墙，花的家，花的芬芳
他用花朵装点季节，留一缕春光
百合花吹吹打打，送他夕阳西下

野蔷薇花

你攀缘在墙头篱笆上
即使再美丽也依靠他人
一朵连一朵，一步步，还原某种风景
风摇花枝，姿态万千
也无人停下脚步，去亲吻、观赏
默默地生长，默默地开花
只要有芬芳，给人间兴奋和舒畅

大自然给你披上鲜艳的红装
像新嫁娘，嫁给秋天的太阳
蜜蜂飞来，带热烈的吻
蝴蝶飞来，和你共舞、欢唱
朝霞里，有你深情的微笑
暮霭中，你把羞怯匿藏

你把生命作为陪衬
粉饰了它们，芳香了人间
你的美使人销魂
可人类并不把你视作花中之王

高贵的桂冠赠给玫瑰
你的花儿并不幸福
北方的第一场雪扑来
你飘零泥垢，一无踪迹

那柔细的藤蔓是女儿的体躯
不是攀缘，是爱得深沉
花朵像明亮的星璀璨，爆炸、飞扬
你小小的生命来到世上
大地母亲虽有满腹的疼爱
却未来得及命一芳名，享有荣光
像一切野花——蒲公英、指甲草
混迹在潦草杂乱无章的野芳
你匆匆而来，匆匆而去
来无影，去无踪，爱遗忘的风
只有它记得你的形象

那草支棱着，倾听大地的动静

黄河三角洲的春天
是荒原的春天
蒲公英最先开口微笑
芦苇和金茅草绿得浓郁
像醉酒昏昏然，茫茫然

最多情的是，那些鸥鹭、海鸟
忙着恋爱，忙着哺育
没有时间参加三月的晚会
大地用暖意装扮新颜
荒原多像一个密使
引领你走进辉煌的梦境
当你走到它的深处
绿的故事达到高潮

连黄河都留恋，迟迟不愿奔走
冬天那一段已被赶走
留下的只有遍地青春和生命

不是艾略特的忧愁，烦恼
不是荒原的荒凉，荒诞
荒原说——
跟着荒原走，到处是蝶飞蜂舞
花繁草绿的新颜
些许音符，悬在空中
百鸟齐鸣，歌吹笙天
你若喜欢荒原，心头喧闹的是整个春天
你看，小草支棱着，倾听大地的动静

湖　畔

蓼花的红，是一种理性的克制
是对尘世的拒绝，热烈又冷漠
风铃花在风中摇曳，开得轻盈，任性
像顽皮的少女，纯洁，天真
还夹杂着一些小小的暧昧

芦苇没有艳丽的花朵
却将毛茸茸的苇絮送你温暖
在蒹葭与蒿草之间
红头蜻蜓和翠鸟
争夺尖尖的苇叶，寻找新的世界

最可爱的湖滩湿地上艾草、黄蒿
几只红嘴鸥在合唱中跑了调
弄乱一湖碧波，荡起波纹乱颤
有只丧偶的黑天鹅，一直在呼唤
孤独、沉默、寂寞、凄然
蒲公英最喜欢这温暖湿润的滩地
花儿傻傻地开放，忘记白天和夜晚

只有风惦记它们

把它们的子女带到诗一样的辽远

那只麻鸭与水鸥争抢晚餐

湖岸的柳树不理睬它们

拐个弯投入小湖汊，视而不见

小镇岁月

我在这海边小镇，住了些时光
精致的房屋，宽阔的街道
海风任性地游来游去，没人敢管它
一街的槐花树却常嘟囔着咒它
每片叶子都显露出烦躁和怨怼

啊，那雨水却来得很勤
有的是善的，有的是恶的
有的为毁灭，有的为创新
小镇不动声色，按照自己的节奏成长

新添了学校，新添了研究所
关于海洋养殖，关于潮汐，关于风力
还有关于远洋捕捞和发现
大海、天空，有谁读懂这一切
只好委托以朝霞和夕辉
一日来了很多专家
在海滩上放养许多天鹅、白鹳、遗鸥
荒凉的海滩繁育一片热烈和聒噪

管理风景的人说
大海与天空的裂痕，由海鸟缝补
让落日化为一曲赞歌
让海风吹遍一帘沉默的树林

天气开始转冷的那些时日
我常常坐在小酒馆的一角独饮
街道上的寂寞、冷落
却给人大海般的宽广和壮阔
小镇在寂寞中成长

初冬的雪，落在街心花园
雪中有几枝醒着的蜡梅
红艳艳的骨朵，在寒风中呈现意志
我用手机调整角度
拍下小镇一朵妩媚的笑靥

夜读小城

走进小城，我坐在广场一隅
一道道石阶还散发五月的温暖
那里的石头会写诗
那里的树木会唱歌
那里的月光很强硬
那里的流水很柔和
春天透过晃动的树叶
露出可掬可捧的微笑
燕子飞来了，带着某种梦幻

春雨漂泊，从空中落在路面
湿了屋瓦，湿了街道
湿了三五成群女孩的笑声

这小城蓝色的傍晚更动人
连孩子哭闹声都充满生活的甜蜜

放学了，一群小学生打打闹闹
又非常友好，一块小小的冰糕

你嗽一口，我咬一口
没有谁一口吞下，那丝丝缕缕的友谊

夜色笼罩下来
小城灯火璀璨像国花牡丹
街道流淌着抒情的语言
还有探戈、伦巴，现代舞的铿锵

广场更是热闹非凡
一群老大妈把青春找回
脚踩清风手握月光
释放身体储存的绿色
让它嫁接春光
生命的演奏刚刚开始
热烈、亢奋，脚步轻盈，舞姿健美

小城的故事盛满夜晚
白昼是一篇散文，平庸、冗长
夜晚是一首诗，字字句句
月亮躲进云层，星光更加璀璨

夜读小城，新的时间
在手掌开放，一堆语言泻在静谧城域

谁在这夜晚失眠

梦境是关于往事的回忆

芦　花

白茫茫地铺向大海
洲野的秋天
芦花表现得猖狂肆虐
一点羞怯也没有

一簇簇柽柳
脚下使绊
它一不小心摔个跟头
空气里有窸窣的声响
天空太蓝，云太白
芦花的情绪太狂
充满生长的蛮力
粗犷、强盛的力量

命里注定漂泊
盲目寻找自己的归宿
土拨鼠抬头
用细小的眼睛看它
嘴角浮出嘲笑

向往天空和远方
哪有家的安全

芦花不理睬它
和风一起飞翔
和鸟一样展翅
芦花有自己的道路

山岭，河流，沼泽，沟壑
落在低洼处，也是一座塑像
没有诗意的栖居
夕阳站在远处的山冈
一脸的悲怆

布谷声声里

布谷鸟是诗歌古老的具象
它长长地活在农耕文明中
一声声清脆嘹亮的鸣叫
那音韵珍藏着山野气息

一天早晨，我听见布谷鸟叫声
鸟鸣带有乡音的浑厚，温和
我仿佛回到遥远的童年
又在麦黄季节
叫声带着母性的暖意
我这远离乡村的游子
感到像炊烟一样亲近

我离开浮躁喧嚣的市场
就医乡野的淳朴、清静和旷阔
我走过人生的山山水水
最有感情的是那片有根的土地

布谷鸟叫了，整个季节都在整容

春色正浓，三月是个梦境

黄河和大野在鸟鸣中升腾

生命的生旦净丑末，粉墨出动

小城夜雨

傍晚下雨了
雨线把暮色缝在一起
给夜晚准备了睡衣
我迷失在这座陌生的小城
一个拉杆箱，拖着寂寞和孤独
这里的路灯用冷漠的目光追我
我身上长满恐惧
我想起古诗里
风雪夜归人
想起红泥小火炉

因疫情街上人极少
连出租车的影子也不见
偶尔一位外卖小哥飞驰而去
一件天使般的素衣，飘进夜的深处

雨潇潇洒下，满街湿漉漉的
风也飒飒地吹，梧桐叶哗哗乱叫
却没有梧桐夜雨的诗意

没有杜甫随风潜入夜的情绪
没有陆游深巷卖杏花的意象
很静，只听到时间姗姗的脚步声

一座古桥孤独在夜雨中
怕雨淋，紧缩双肩形成了弓形
只有桥头的雕塑，像哨兵护着孤独的夜
只有流浪者睡在幽暗的桥洞下
夜雨也怜悯他，不好意思淋他一身

季节的影子

秋天的黄昏凋零在树林里
伴随着一片一片金黄的落叶
一群放学的孩子
书包里有欧阳修的《秋声赋》
还有王维什么人的诗篇

男孩子摘一朵野菊花
插在女生的发辫上
算是秋天最美的奖赏

入秋的天空，表现得明朗清旷
幽静的林荫悠远深邃
直通另一个春天的街头
你听，在那棵梧桐上，鸟儿在歌唱
这样的日子最适合诗人造梦
那梦的影子很冷静

过去还是未来心灵的友谊
发芽于秋天的小路上

季节不慌不忙悄悄一页页翻去

一切都会结束，一切都像梦一样芬芳

选　择

在人生的路口
上帝总是神秘安排纷乱和烦恼
让你举棋不定
让你模棱两可
人生就是抉择

若有一道灵光射进灵魂
未来将是一片辉煌
如果指南针发生故障
千里航行必然船翻人亡

那灵光不是阳光
不是雪山的精灵之光
虽然闪烁冻僵的皓白
一个人严肃的探索和追求
就系在那缥缈的灵光

驱逐黑暗迎接黎明
一条河要有勇气奔向大海

一朵花要有胆量承担壮丽

大胆向前，我向远方瞭望生活

星星在闪烁，诗在远方

采一掬阳光献给你

大地未老，时光未老
苍天的阳光更加峥嵘
采一掬明晃晃的阳光
献给你刚开放的花朵
那是你最可爱的儿女

你让我唱歌
我不知道哪首歌最美丽动听
只听得风也萧萧，雨也萧萧
我用歌声为你染色
我用生命的激情给你点起亮光

每一朵花都需要浇灌
看，我来了，顶一罐黄河水
一半是泥沙，一半是水
水罐里奏响黄河大合唱
一首不老的歌曲唱出黄河的心声
都是神，都是殷殷期许的神韵

太阳播下一路经典

所有的神话都不是人类撰写

大自然手笔宏大而伟岸

浩瀚的田野，热烈、喧嚣，很像夏天

红　柳

在黄河口在渤海滩
我看见一棵棵红柳
随风飘扬潇洒浪漫
一簇簇伸长的枝条
像燃烧的火焰
在寂寞的风景中
抒发它们的情感

它们大笑，笑海滩幅度狭小
它们放浪，笑潮水疲惫慵倦
它们狂妄，笑海鸥天鹅不敢长啸
只有海风像一群骚动的男子汉

红柳名柽柳，木之圣者，谓之神
它以神的力量俘虏成群的海滩
死寂的海滩几声凄厉化为泡沫
它们的笑声惊醒风暴，惊退海潮
秋天它们的枝条上开满红花
星星点点，有些轻率和狂妄的成熟

一棵红柳，一团燃烧的火焰
用热烈的吻
响亮地飞遍荒凉阴湿的海滩
盐碱地也有梦想
在静静的夜晚
一步步走向成熟的秋天

一棵树

走遍黄河三角洲
谁都知道一棵树的名字
你的名字如日，如月
如燃烧的火把，戳破沉沉的夜晚
如撕破长空黑暗的闪电
它的名字如家，如温暖的故乡
春风剪裁的绿叶，飘飘苒苒
自成美丽的乐园

辽阔的风，缭乱的雨
还有夏的粗暴，冬的冷酷
你孱弱的生命抗击多舛的命运
星月织进拓荒者的梦里
晨光镀亮你的肩头
蓊郁的梦漫成莽莽苍苍

三月，还太年轻
你在风沙中声嘶力竭地呼唤
在幽幽光阴里滥觞

七月是很伤感的书
如此凄美，达到一首诗的忧伤

雷劈、电击、亢旱，还有虫害
你抖起精神，抗击炼狱般的苦难
阔野苍苍，海天渺渺
在黄河之滨，一棵树
醉倒一部森林的历史

梨花村

这小村坐落在沙滩上，
一棵棵老梨树收藏着我的童年
春天，梨花盛开，一片飞雪
满世界梨花在歌唱
那时人们走进梨园
显得虚构，缺乏真实形象

一条小径，长着青草，草丛中
有蒲公英迎风微笑，还有昆虫低语
初生的梨花映亮雪白的黄昏

风吹着梨花还捎带着蒲公英
比我读过的童话还美丽迷人
神秘的梨园，宁静沾满全身
树上鸟儿也喜欢黄昏时分
像是赛歌会，歌声特别嘹亮

黄昏的梨园是童年的乐园
藏猫猫是久演不衰的儿童剧

和女娃娃过家家，小辫上系一簇梨花
笑声和哭叫声在欢乐中成长

现在老了，总想起那难忘的时光
我回到梨园，已是满身沧桑
梨树老了，只有一两棵老梨树
作为“文物”装点虚伪的文明
有薄暮，树梢却没有归鸟
有梨花，却失去了童年时代的芬芳

记住芦苇

你在雨中微笑
沙沙沙，沙沙沙沙
干燥的声音飘着押韵的词语
整个夏天都开放着唯美主义的玫瑰

你躲在另一个地方生活呼吸
从别人的目光中提炼不屑和鄙夷
你无力争艳
你无心争美
你默然不语，沉默是一种尊严
只待秋风乍起，你的生命
开屏似的张扬，陌生的美丽

一丛占据有利地形的芦苇
以豪放的气魄，抛洒浑身的燃点
那是一朵朵沸腾的情感
片片点点温暖人的心

是呀，绒毛飞过云层

又坠落沟畔、河岸、林间
采一朵放在唇边
我嗅到大地的芬芳
我呼吸到生命璀璨的气息

冬天的树

这些日子满园树木在编辑自己的故事
多余的细节，删去
累赘的情节，无人解读
那些干枯的，谱上曲也不会唱歌

统统剪裁，重新编创
像诗一样精致简洁
像小说故事完整动人
像散文语言优美，情感充沛

“丛林滤网”，该淘汰的淘汰
“大成若缺”，在空缺处留下开放的意境
那些鸟儿也远去了
整个树林庄严安静

一树青春正收拾新的生命
风吹来，它兴奋地点点头
清瘦、坚硬、黑黢黢的梦
眉眼里却透出春天的笑意

第四辑　一只鸟儿从草丛腾飞

野　炊

在草地上找来两块石头
架起一盘粗糙的炉灶
拣来枯枝点燃熊熊火焰
有几枝细条被鸟儿衔去
去繁衍，鸟丁兴旺

火苗贪婪地舔舐着铝锅
还夹杂着几声悲壮的叹息
树枝以枯萎的生命
换取人世间古典的风味

两条鱼在沸水里挣扎
睁着双眼，看自己走向成熟
加上调料，鱼香湿透了一片空气
招来地鼠窥探的眼睛

我们不予理睬
尽情享受野宴的愉悦
像无法描述的禅意
——大地芬芳

乌　鸫

乌鸫是鸟类中的名鸟
人们喜欢它的歌声，是歌手、明星
这鸟通身黑褐，羽毛油亮闪光
嘴巴和腿呈现枇杷黄色
眼睛周围镶着金圈

朴素、平凡、不高雅
但，它的歌声动听，嘹亮
带着泥土的芬芳，大地的气息
一腔乡思，精美、纯净
像浸透过月光，经过清流的洗涤
它的歌声充满爱的暖意

它的心境极度欢乐
它能淋漓尽致地表达自己的感情
诗人说：“黄鹂吞声燕无语”
它一张口群鸟都闭嘴了
乌鸫鸟的歌唱是为了爱情

天空被它的歌声撑得饱满

它的背景像几点水墨，简洁、淳朴

没有野心，没有狂放

它用生命唤起野草野花成为一首小令

百　灵

百灵、百灵，鸟类的才子，聪慧、精明
它的舌头乖巧，是天赋的歌喉
一只百灵可独唱，可合唱，或二重唱
这鸟儿自幼聪明好学，善于模仿
听到什么演唱什么
可以模仿各种鸟儿歌唱
还会学习昆虫的鸣叫
所以人称“百灵”

百灵是快乐王子，无忧无虑
一天到晚歌唱不停
它其貌不扬，可上天给它一副美丽的歌喉
它唱起歌来底气很足
嘹亮、清脆、婉转动人
它的咏叹调，像唐宋诗人的绝唱
据说，星星听了都动了神，不出一声

狐　狸

只见树影有狐狸蹲在那里
它瘦瘦的，但很健壮
橘黄色绒毛间有灰褐色
明亮闪光，它很认真观察四周
睿智的眼睛透出精明、智慧的光

我看了它一眼，它高傲不予理睬
它充满了野心，却一脸的肃穆、沉静
来到这荒野尽头
将美丽的谎言抛到身后

空中飘着细细的雨丝
远处的大海笼罩着薄薄的云
空旷的天地间有这么一个小动物
虽然很孤独，却很美，很诗

白　鹭

两只白鹭
轻盈地单腿独立于海滩
像沉思，像冥想
犹如闲适的哲人，步履缓缓

海风吹来像翻阅它的诗篇
洁白翅膀乍起，兴奋的目光远视海天
它从遥远的北方飞来
是什么念头来寻找失落的乡愁
它喜欢在这里诗意地栖居

白鹭的祖辈曾和杜甫深情相交
白鹭是一首精巧的诗
一身素衣，洁净而优美
两只大眼睛聪慧而明亮

它喜欢在黄昏低低地飞翔
翅膀掠过山野和湛蓝的长天
唐朝的白鹭与信息时代的风相遇

在草丛、在荒野，在诗行

太阳成熟后变冷

两只白鹭凭着古老的记忆

着一双绣花鞋向江南故籍飞去

遗　鸥

遗鸥是珍稀的鸟儿
它们已注册在濒危鸟类的名单
也许这里潮湿又温暖
小虾小鱼哈蚌食物丰富
它们落户在黄河口
前面是广袤的大海
身后是辽阔的荒原

遗鸥不是猛禽，更不剽悍
它个头娇小健美，个性随和
鸟儿国的少数民族总有柔弱感
却不孤独，天广地阔中有自己的家园

遗鸥是高级建筑师
在滩涂上挖出浅浅的凹坑
叨来草叶，羽毛和绒絮
它们的巢精致，窝儿柔软、温暖

为了安全又叨来小石头

筑成一圈院墙
就差挂上牌牌："闲鸟免进"
小小的鸟巢，傻傻的
缺乏气吞山河的气派

它们安分守己，但也不怕强敌
夏季，有失去孩子的遗鸥
被有子女的母鸟聘为保姆、阿姨
这些保姆精心细致地照顾雏鸟
教雏鸟觅食、游泳、飞翔……
像朴素的音符，翻飞在季节的深处
一只只鸟儿，云淡风轻

在黄河三角洲观鸟

擦了擦单筒望远镜
眼前出现一片无边无际的荒原
坦荡如砥，芦荻和茅草共舞

高天与大海一色
蓝、蓝，蓝得浓郁，蓝得深远
在天海之间，在荒原和海滩之上
群鸟飞翔，群飞群栖，群舞群蹈

天空弥漫着纵横交错的弧线
伯劳、喜鹊、遗鸥、大天鹅
乌鸫、百灵、杜鹃、野鸳鸯
戴胜鸟，还有骨顶鸡

在这里我读懂西哲的箴言
生命绝不止于个体生命
而是超越个体，抵达原初太一的宇宙
在这里你会读懂“宇宙整体”的理念

我坐在草地上观云，观天，观鸟
鸟鸣在空中，我心在鸟鸣中疼痛
所有的痛苦都希望阳光的安抚
一只失语的甲虫和孤单的我

现在的阳光变小了
在河海相吻相融的空气中
我的思想凝结成美妙的结晶体
融入自然，这里有冷峻的清澈
爱的暖意，生命的缠绵

种草人

偌大的一片荒滩，沙土很湿，很咸
只适合野草的生长
一位种草人来了，搭起铁皮小屋
小屋周围是大片的黑麦草
小屋周围是大片的黄须菜
小屋周围是大片墨绿的羊草
小屋周围还有墨西哥玉米草
小屋周围还有甜象草、皇竹草

草木繁茂，长势良好
种草人已经衰老
黝黑的皮肤是荒原阳光的涂鸦
满脸涟漪的皱纹是海风的杰作
迈入老境的记忆，苍茫的眼神
荒原用自己的方式雕塑粗糙的形象

他身上，有青草的气息
他脸上，有荒原的岁月
身处草丛，才感到自身的存在

他的性格有草的野性和质朴
丰盛的牧草显示多年熟悉的经文
那叶，那花，那根须抒写稀世之美
没有杂乱的脚步，没有喧嚣的话语
惊扰荒原野草的寂静
种草人驱赶昼夜，追随季节
草叶的舞动，草花的微笑，根须的扩张
草木的絮语都是清澈的乡音

无辜于时光
无辜于洲野
无辜于美
这是大地波涛汹涌澎湃的欢笑

苜蓿的波浪上涨满紫色的弦
使草地充满曲线的美
墨西哥玉米草，高大健壮，孤独
肥厚的叶子，在夏日表现得气度非凡

一棵棵皇竹草，把自己塑造成百草之王
在你面前一点也不收敛且张狂
你才是百草的首领

率领百草，用几何学设计荒野的天堂

种草人说，人是一棵草
人活着人在草上
人死后草在人上
人，生生死死和草连在一起

黑嘴鸥

夜，染黑你的嘴
昼，镀亮你的身
一只很朴素的鸟
却成为国家的珍禽

在黄河三角洲
有你的家园
那位鸟博士是你的亲人
你视野是星空，旷野，流水
和潮水一样广阔的海滩
你在风里歌唱
海浪为你伴奏

唐诗里有你的律吗
宋词里有你的韵吗
歌德、莎士比亚引用过
你的诗句吗

一只平凡的小鸟只爱自己

和自己的子女
你将鸟巢筑在湿土上
周围摆上一圈石子

小小鸟巢，小小院落
安静、祥和、温暖
你的尊严，你的孤傲
孤寂陪伴你，长夜的抒情
是对尘世的宣言

你娇小美丽，优雅地飞翔
在茫茫鸟海，很少有你的知音
独飞、独舞、独歌、独鸣
像贝多芬一样，孤独的青春
孤独的生命

天　鹅

一只雌天鹅死了
丈夫哭得扎心
盘桓雌鸟生前所在的天空飞翔
一圈一圈在祈祷
风吹着它的素衣
像吹着一身孝服

悲戚的叫声
让身边的黑嘴遗鸥掉泪
前来凭吊的白鹳和鹭鸶
也悲伤不已
陪着天鹅呼叫
天鹅的葬礼从早到晚
整整一天还未做完道场

只有星星低声着小夜曲
像贝多芬失恋的《月光》
我看见湿地的水和诗歌
还有芦苇和金茅草

也沉默垂下头
是守夜吗

在这下雨的夜晚
世界上只剩下我一个
一枚黄叶无声无息飘落脚前
我心不由自主地缓慢向生命鞠躬

东方的白鹳

黄河口是鸟类的天堂
冬天又成鸟类的“国际机场”
三百种鸟儿携带三百种语言
天才也难翻译这滩涂的芜杂喧嚷

我站在大河岸边，才认识到
沧海桑田的真实含义
是鸟儿给我做地球生命力报告
一只白鹳高高亭立演讲
从摇篮到摇篮，是生态文明的主题
用“生态法则”约束“资本逻辑”
东方白鹳会讲述真理

百鸟听罢一片欢腾翔舞
像一幅画融进自然界
天地间出现美丽的“海市蜃楼”

东方白鹳人称市鸟
属于国家一级保护珍禽

她是超现实主义诗神缪斯
优雅、浪漫、娴静，一身洁白
她一曲高歌，连朱鹮也洗耳聆听
感到超现实主义的清新，优美
我却欣赏到大自然的灵性
一种超现实主义的生命

风说我是自由的

植物的呼吸，小溪的低语
神秘的大自然，一片闲适的土地
不允许人类耕种收获
不允许人类删改艺术加工

原生态为生物保存样本
原生态为万物储藏基因
每个基因不是符号
是生命的出发点
去迎接一片新的生机

清晨当天空再度发蓝发白
我走进这荒原湿地
蜻蜓早已醒来，满天鸟儿狂舞
也许昨夜睡得很甜
梦里向往天高云淡的海空

风说，我是自由的
没有高墙大垒阻断我的去路

没有旮旯角落深陷我的脚步
你看那蒲公英，那野菊花，那野豌豆
都在为我歌唱舞蹈

风说，我是自由的
寥廓的天空，苍茫的大地
大河弹琴，海浪伴奏
我是年轻的，美的，欢乐的
夜晚，我歇息，依着树林

一切都那么安静贪婪地沉睡梦乡
黑嘴鸭安详地孕育后代
一颗颗啄破蛋壳
怯怯地探头探脑望着春天
春天在它们小小脑袋里
还未形成故事
只有妈妈在细声讲述
柽柳林童话，还有我的风言风语

大天鹅

在黄河三角洲的荒野和滩涂
荒无人烟，黄河入海
海唇河口相吻，亲密而愉悦
天地一片相融的寂然

还有说不出名字的昆虫
是大天鹅的美餐
古人称天鹅为鹄，赞美鸿鹄之志
西人称“天鹅绝唱”
是诗人最华丽的绝笔

天鹅是神的仆人
天鹅是高贵圣洁的象征
当生命向它告别时，梦还在继续，不离不弃
它的歌声最响亮，最甜蜜，但并不悲哀

天鹅喜欢水，不同鹰雕独霸长空
不同于虎狼横行莽林
它崇高，尊严，仁德，随和
它唱着挽歌，在欢乐中死亡

秋风吟

小路长满秋风
风潦草写意
苹果艳红，鸭梨金黄
葡萄茄紫，秋色渐长

树林因风而起
流水因风眼睛明亮
一天星星在眺望秋日
青蛙和蟋蟀在争夺时光
不停地长吟，歌唱

舞台宏阔，背景是太阳和月亮
一阵细雨飘来，秋色料峭
脸庞凄凉，伤感
泪水顺着玉米叶子流淌

一棵白杨裹满浑身风雨
一种伤感，一声叹息，从早到晚啸啸啜泣
本是夏天的细节，却在秋天展开
谁能听见秋色在崩溃，老树一言不语

窗外的鸟声

窗外响起鸟的叫声
黎明，知更鸟把我叫醒
窗玻璃已爬满一道道晨光
窗外樱花树有鸟儿站在枝梢
一声声呼唤，大地苏醒
深沉的夜色轻轻退去

夜晚，在鸟鸣声中收拾家当
退去，悄无声息
夏夜我曾听到夜莺的歌声
旋律轻快，响亮，晶莹
是谁演奏门德尔松的《仲夏夜之梦》

秋日，海鸥鸣空
海风呼啸，巨浪拍岸
辽阔的大海，海水翻腾
秋天了，谁知海还有夏的激情
隆冬，大片的雪花无声飘落
我看大雪覆盖了整整一夜的梦

窗外银装素裹

一片皓白中只有麻雀轻歌曼舞

天地一片宁静

溪　语

我是一条小溪
我的母亲在高山雪峰
母亲雪白的乳汁
养育了我柔和的身体

山色依然青青
忍冬花依然柔丽
我潺潺地流淌
不是冷血
不是无情
这雪酿就的水
蕴含着喜怒爱恨，愁与怨
但燃烧不尽的是清冷

润湿了山麓
润柔了野花
润亮了小鸟的歌喉
山野如画不迷惑我
摆摆手走了

历史以千载富我

每片雪花都寄予厚望

我每滴血液里都流淌着雪魂

我们负荷着庙堂的期语

我们盛载着江湖的热望

为每一株幼芽，每一粒种子

送去我的热血和泪水

为画板上的色彩

为诗人的韵律

我们涓涓滴滴，并肩指点

这是一幅诗意山水

海边的礁石

那天下午我在海边的白杨林
一座长长的石凳，可坐可倚
看海，看天，看鸥，看白云
一部质朴而深沉的天书

一尊巨大的礁石探出海面
灰褐色的面颊涂满悲怆
它在海水中沉默那么久
忘记语言，忘记了情感

阳光明亮
温暖地抚摸着奋起者的形象
一排排海浪扑来
倾泻对奴隶的仇恨

世上本有的生命哲学
一只猴子想站着行走
攻击它最恶毒的是同类朋友
礁石想挣脱大海

波涛阻止它攀登

我坐在长凳上沉思
礁石哪管涛击浪打
你活得像真理，高高在上
你想和大海杯酒言欢
海浪猛然扑来
关闭友谊的门窗

一只鸟儿从草丛腾飞

一只鸟儿从草丛中蓦然腾起
强劲的翅膀展示青春俊美
鸟儿的歌声清朗、甜美
没有哀怨，没有嗔怪，没有悲伤
它越飞越高，风追不上

白云看到它也感到惊喜
是大地赋予它强健的生命
是草地的血脉与它紧紧相连
它是生命的王者
追求光明，追求崇高，目光追逐远方

你是一朵花，绽放在云中
你是一束光，一行光柱腾空
额头那朵鲜艳的红
是太阳神的馈赠之梦

一片初夏的时光，储藏着丛林草野
天空倾巢而出的是蓝、蓝、纯净的蓝

一道闪光的弧线，展示古典的孤寂
鸟的鸣叫使风、使云，像金属般沉默
我用目光追逐鸟儿远飞的影子
两手空空喂养饕餮的诗句

一朵小白花

人生应该热烈、腾跃、飞翔
那是生命和热血喷涌的年华
眼前的生活已经耗尽
人的心智已酒过三巡
往事如烟，连辉煌也黯然消逝

一缕遗痕在眼前飘荡
只有床头的明月一言不语
映照着寂寞，萧条和苍凉
还有时间给予他的一种
堂吉诃德式的忏悔

我看见风雨中有朵小白花
在窗外寂寞地开放
幽幽一缕清香飘散空中
谁也不在意这渺小的生命
生生不息只是种子表演的形象

人生静穆时，雨飘落下来

小白花泪水盈盈
一身缟素，是为春天送行
小白花在静穆中沉思

写在黄河入海处

我站在岸滩，站成一座诗人的雕像
我举目远瞩，大海在我眸光中翻腾
它的诗在寂寞地打盹
它的梦，情节完整，诗意有禅
命运却在生命册页上写满了错别字
不朽的是纯洁，璀璨着青春的花季

海总不沉默，从夜晚到白昼时时演讲
它的语言尽管千篇一律
但生动、热烈，却穿着冷抒情的服装

它的声态笑貌似乎千古不变
但每一道笑纹却蕴含着固执和惊奇
它的笑纹里盛满阳光，也盛满月色
连海鸥的飞翔姿态都收留珍藏

只有博大，才能容纳一切
只有无私，才能奉献一切
这里没有废墟，没有颓唐

浪涛的节奏，没有休止符
只是声音时而低沉，时而高亢
情感却是一样的昂扬

我站在海边，站成一尊诗人的雕像
大海的元素塑造了我
人的心胸应像大海一样宽广
我生命的脉搏像海涛一样跳荡
没有等待，没有愤怒，没有怨怼
只是对那只海鸥寄予希望

只要大地还有河流
生命的风帆还在飘动
不管走到哪里
我都会把夜色折叠，让晨光照亮航程

第五辑　与野豌豆的对话

那永远的黄昏

我期望永远和你在一起
那个美丽的黄昏
沿着小河散步
小河的流水偷去我们的绵绵细语
流淌不停

晚霞烧红了天空
静静的树林一言不语
白杨也停止了歌声
山野、树林、庄稼，睡眼蒙眬

你的眼睛颤动着落日的火焰
我的心灵却攥在你熟悉的悲伤里
路旁有大朵大朵的蒲公英
没有风让她们花絮飘零

岁月的巨口吞噬一切
时间的飞絮飘满沟汊田垄
尽管伤感渐渐淡化

但我依然怀念那个黄昏
但愿拉长道路，推迟夜幕的降临

夜色很快把我们融在一起
身影叠着身影
虽然你我都过了青春年龄
但爱还末老，记住了
那个永远年轻的黄昏

小夜曲

天空乱糟糟的星星也困倦了
只是眼角还闪着惺忪的光
夜风掠过树梢
连声音也变得缠绵
轻轻的轻轻的不要打扰
刚刚出现的梦境
不要睁开你的双眼

姑娘的幻影多么妖娆
疏眉大眼经典似的鸭蛋脸
一对酒窝盛满温柔甜美
只是沉默不语
在你身边既温存又俏皮

在这清寒的秋夜
没有霜花没有细雨
只有月亮守护着你的梦
谁有自由的梦谁就意味着幸福
并非来自诗人的虚构

也并非出于单相思的静修
到明年春暖花开的日子
爱的花鲜艳美丽
堪比最动人的玫瑰

看吧，种子正在吮吸阳光
匆忙地追求宝贵的自由
每一次从梦中清醒过来
既虚幻又疏远
另一个灵魂更清晰更贴近
美好的一切会充满你的心灵

我的窗口

我的窗口朝南开放
我像帝王一样坐北朝南
窗外是树是花是草
那些愚蠢的臣民每天祈祷
我祝福他们幸福安详

我的窗口向天开放
浩瀚的天空你狂傲什么
我咫尺窗口就把你收藏
白云你再傲慢只是洋装潇洒狂放
风啊你再嚣张来到我窗前
只得东躲西藏

北斗星刚从我窗前经过
它指示我人生的航程
假如途中我感到疲倦
我会对着窗口奋起反抗

我的窗口对大地开放

收一窗翠绿收一窗芬芳
还一窗春雨秋霜
只要时光还在流淌
我的窗口就会五彩斑斓
整整的春夏秋冬在这里收藏

还有天穹里显露的奇迹
没有孤独和忧伤的祭辞
因爱在我灵魂里筑巢繁衍
你看那些毛茸茸的小鸡雏
多么鲜活金黄……

雨　水

不是雨和水，是季节的名称
她的名字湿淋淋的
像母亲分娩时一脸的汗水
夕阳绽出嫣红的笑唇
浅紫色的雾霭罩在城市上空

忧郁的情绪随即飘散
最亮的星星闪烁天边
我的额头皱纹舒展开来
我坚信夜晚比白昼更璀璨
我将我的灵魂冷藏让岁月守护

黛蓝色的夜空缓缓张开翅膀
它兴奋地迎接月亮出现
这种怀念水的日子
二十四节气中就有它的名字

火焰兴奋舞蹈在湖面
一排排高大的白杨树

那迷人的叶片白光闪闪
虽是黑夜，钻石依然晶莹

一大群神秘的梦幻
覆盖在我们身上
我期望着雨水的降临
使我们情感湿润的世界，湿暖

种子在梦中呼喊
生命走在睡眼惺忪的道路
给世界抹上一层前所未有的色彩
蔚蓝的梦在雨水里分娩

我喜欢蓝色

我喜欢蓝色
蔚蓝黛蓝靛蓝藏蓝
天蓝海蓝普鲁蓝……
蓝色的广阔，蓝色的浩瀚
蓝色的力量，蓝色的深沉
蓝色的宁静，蓝色的浪漫

我喜欢蓝色
我走出城市的喧嚣和芜杂
我走出市井的龌龊和肮脏
大海在我面前展开蓝色的辽阔
天空在我眼里放肆地呈现蓝的沉默

一种蓝色的力量霎时汹涌奔来
我血管里胀满蓝色的血液
心胸胀满沸腾的鲜亮的诗意
海鸥的翅膀扇起蓝色的风
面对浅蓝色的矢车菊
我让斑白的头颅叩触大地

我钟爱的永恒之色彩
在这里我没有遇到山冈
心中没有忧伤，
天际无涯的海天苍苍茫茫

大地沉浸在浅蓝色的醉意中
蓝色的原野长满一身阳光
站在那里穿过时间穿越尘世
我飞翔，我旋转
蓝色的亢奋，蓝色的激情
仿佛世界走进我的心中

波　浪

我站在河边观察波浪
一挺一挺起伏跌宕
但方向明确脚步铿锵
永远充满明亮，永恒的闪光
即使夜晚也为夜行者引路

波浪的心是冷的抒情
自由地歌唱，自由地吟诵，自由地奔腾
不知疲倦不会歇息
没有欢乐，也没有沉重的悲伤
只有永恒的笑容，永恒的爽朗

它说我没有内心的冷漠
有一颗火热的心，只是被水包围
打开我的心扉
看一颗纯净的灵魂在歌唱
和黄河长江一样的韵律
坚忍顽强为人类而活着
即使化为泡沫，阳光下也会闪光

它说不要说我们羸弱
相信我们集体的力量
摧枯拉朽，排山倒海
我们没有白受人类的夸奖

出征者的誓言

乘着夜色，乘着星光
我披挂上阵开始出征
我夜夜与星星相伴
夜晚用黑色的温柔亲吻我
夜晚用黑色的手掌抚摸我
战士自有战士的豪情
孤独者上天会给你丰硕的报应

看灯火烂漫的酒桌上
屑小们在狂欢狂语乱滚
抹黑星星，抹黑月亮
星月在空中以宇宙的语言宣告
你们的鼓噪正是膨涨的泡沫

前进吧，乘着夜色，乘着星光
一片刀光剑影号角声声
我快乐地跨过一次次无底深渊
我兴奋地攀登一座座险峻的高峰
生活栅栏难以阻挡我的步伐

风霜雨雪伴我高歌远行

我坚信出征者一腔豪情

在我的戎装上有些小花在开放

那是幽谷的百合，花朵不大却也芬芳

夜晚少了一颗星星

夜晚来了，树的轮廓迷蒙
山影模糊像蒙上面纱的少女朦胧
夜晚来了，我向歌唱的夜莺致敬
我向星光寥落的天空致敬
还有那一缕轻柔略带寒意的风
这不是世界最讲诚信的时代
连最忠诚的狗也传染上人性

土地安谧，夜色安详
唯有我的心灵骚乱情感飘零
一双泪眼遥望远方，
夜色里我分明看到彼岸的生动如梦
夜空少了一颗星星，它腾出的位置
正好是我追逐的目标

赞美这个残缺的世界
只有星月亮着诚实的眼睛
黎明晨光的色彩和质感
向我吐出一缕缥缈和迷蒙

我将在葱茏的树荫下享受盛宴
仿佛在亢燥的大漠找到一处源泉

诗人的夜晚是一片璀璨的天空
我相信夜晚
只有夜晚才暴露真的面容

我要保持崇高的生命
为呼吸世纪金色韵律
我将点燃青春的火把
要把黑夜雕塑成清醒的幻觉
寻找那颗星的空位，我将占领

秋　歌

秋天兼容相包
秋天天高云淡
秋天可以雁字横空
秋天万物添彩，齐飞共长
秋天，和气致祥天地一沙鸥
秋天不喜不悲，不急不躁
该结籽结籽，该成果成果
秋天最能控制自己的情绪
秋天的脚步，轻提罗裳
缓缓挑起收获，走进苍茫和热烈
生命温柔暧昧，色彩斑斓，清幽旷阔

汉武帝有诗
秋风起兮白云飞
草木黄兮雁南归
李白有诗
长风万里送秋雁
对此可以酣高楼
刘禹锡高歌

自古逢秋悲寂寥
我言秋日胜春朝
清人赵翼说
最是秋风管闲事
红他枫叶白人头

我在林间小径上徘徊
听秋声，看秋叶，闻秋芳
前方，枝头上的柿子红得像一团火苗
我恍然感到秋天已经熟透了
继续前行
每一层秋色都患了共同病症：萧瑟

畅想我眼中的四季
延伸秋天的意境
一片片落叶在秋风中漂泊
没有悲伤，没有寂寞

在夕阳西下中追逐嬉戏
在残阳如血中坠落成歌词
天地间奏响一支秋天的歌
它们看到前方辽阔的大河
与时舒卷，画着长长的曲线

一曲飞翔的梦

走进大地的脉络

月光·溪水·小花

我的小院盛满盈盈的月光
最年轻的小花开得沉醉浪漫
夜风吹来，月光和花草一样葱茏

一条小溪趁在月色游来
闪闪的水色星光掀起微澜
我走近小溪
掬起一捧从唐诗宋词流落的细水
那美好的句子会在我手上长出春天
小溪哗哗流淌，兴奋地说
你沿着这条丝路能回到唐朝
会遇到李白、孟浩然，诗俦酒侣
饮一杯月光

我带着深情的吻，祈祷思念
像小溪一样轻声呼唤
愿意同李白并肩合影，用我的手机
哎，再拉上孟浩然
拍一张亲切的同框风景

月色下开放的小花
馥郁芬芳，包括美丽，包括苍凉
溪水静静地流淌
映我一颗不知疲倦的心灵

与野豌豆的对话

在这里，每条河，每片荒原
都盛满蓝澄澄的夏天
野豌豆和野豌豆连在一起
蓝色的小花泛着幽灵般的蓝光
无边无际的静，无边无际的空

俯下身与野豌豆对话
它们默默地望着我
好像许多心事向我倾诉

我说，在《诗经》
你们被高贵地尊称“薇”
流落在荒天野地才改名，野，还土气
《诗经》里古人借“采薇”
祈祷战争胜利
《诗经》里文人借“采薇”
赞美不染尘世的隐居
《诗经》里闺妇借“采薇”
相思夫君的哀伤

“采薇采薇，薇亦作止”
凝聚着多么沉重的情感
“采薇山阿，散发岩岫”
那是生命价值观的咏叹

如今，你生活在泽畔、河岸、沟坎
周围长满牛鞭草、猫尾草
还有羊草、蒿草、狗尾草
海风萧萧，海雨潇潇
你用生命抗拒荒凉和绝望

起风了，野花野草顺风起伏
纤弱的断肠草，还断了筋骨
俯首帖耳，匍匐地皮
黄蒿平素高傲，高众半尺
风来最先弯腰，也仄低半尺
所有草木潦倒，满怀忧愁
只有你，野豌豆依然保持《诗经》里的姿势
隐士形象，不亢不卑，在风中
摇曳着一片朴素的青春

一场小雨路过这里

野豌豆更干净，精神更清爽
紫色的小花开出夏天的丰腴
那结荚的豆角显出秋天的意境
我问野豌豆：“你孤独吗？”
野豌豆说：“黄河和大野的气息
赋予我们生命的力量。”

忍　冬

我沿着灰白的小路往山上走
山坡上有一片片藤萝植物
开着黄色的小花，白色的小花
它们的命运只有一种，不停息地攀爬
同伴告诉我这是金银花

幼枝呈橘红色，覆盖粗糙的硬毛
喜欢潮湿，喜欢弱光
山坡、梯田、地堰、堤坝、壕沟
既耐旱又耐涝，根深叶厚藤条粗壮
一路黄，一路白，缘山飘香

走到一道垭口，树荫下有一老媪
白发苍苍，皱纹如沟壑纵横
身边竹篮盛满金银花
向游客出售，并宣传它的药用价值
那花黄得鲜嫩，白得水灵
圆形或卵形的花瓣水珠盈盈
旅客看一眼就走，或不予理睬

老人脸庞时阴时晴

一位有学问的中年人停下来
老人满脸堆起充足的笑容
客人买下老人的全部货品
对旅伴说，这花还有一个名字
——忍冬

雨天观海

大海像无边无际的盆景
收留了一个面目丰腴的雨天
大雨倾泻，海天一色，混沌苍茫
那雨是流亡者，走投无路
一头扎进大海和海水融合在一起

我坐在海滩的凉棚里观雨
我说，雨呀，这里有你无语的走廊
这里有广阔温暖的床
是流浪者最好的归宿
感谢大海吧，它的心胸如此宽广

暴雨变得嚣张，瓢泼而降
“大雨落幽燕，白浪滔天”
大海翻腾汹涌的波澜，一片惊惶
浪花啸叫
波涛呐喊
连漩涡也心头紧张

雨天本是大海的节日
每滴海水都应该狂欢
迎接新的伙伴，上天的使者
但暴雨打折了白帆，渔家沮丧
暴雨像水的灵魂漫游
无戒律，无纬度，任性、狂妄
好哉，大海无须计较，任你凶猛嚣张

雨小了，风细了，海平面恢复往日模样
细雨如雕刀，在海平面刻下多姿的水纹
温和慈祥，大自然多么美妙
暴雨原是大海的儿女，是一场幸福的团圆

夜宿新东村

新东村坐落在黄河岸畔
一片高埠突出了海平线
原来是一片旧村宅，化为瓦砾一片
破砖烂瓦被运走，破屋旧宅被拆除
原址成了空地，建筑工人搭起帐篷
从旧土屋到新楼房
从旧木材到新混凝土水泥梁
从猪栏牛棚，从羊圈到大型饲养场
从灰烬到泥土，新东村燃起新火焰

那老土岗子是童年的乐园
现已成为村人休闲的广场
一座座旧屋在毁灭
一座座新屋在分娩
谁家别墅这么漂亮
落地窗上聚敛着阳光

狭窄的胡同变成幽静的路径
不见奔驰、宝马，却只见大众驶过

宽阔的油漆路，隐在枝叶掩映林荫里
小广场上跳舞的大妈、大姨、大姐、小妹
歌喉清新，舞步轻盈，衣袂飘逸
蒙蒙的暮色里不见柴烟袅袅
在冉冉的热气里，老少围在一起
一株株大丽花在寂静地开放

夜宿新东村
夜不是纯粹的静
黄河从村外流过
哗啦哗啦，追赶夜的脚步声

夜不是纯粹的黑
星光、月光，灯光
使夜的脚步摇摇晃晃
乡村是乡野的一部分
醒来小村和乡野，浴满一身晨光

黄昏去看海

残阳落照，烟霞绚烂
孤独的海，只有庞大空洞
不见归帆，只有群鸟飞翔
灌进耳中——
浪的呼啸，风的嚣张

黄昏的大海，一切都是潦草写意
卅年过去的面容，不见沧桑
只有海岸线上
多了风力发电线杆
像笔笔挺挺的哨兵

一只白鹭飞来，还有海鸥
衔来一束黄昏的秋光
海风咸涩
海浪还未长大
像群孩子刚出课堂
哗哗啦啦大声嚷嚷
在沙滩漫跑，弄丢了时光

夕阳里，有片野花热血沸腾——
紫云英穿越沧海桑田。花香袅袅
那花贞洁，有力度，有韧性
风不改其貌，雨不失其色
即使凋零，也滋润了大地风骨

月亮湖

这个年轻的城市
最丰富的是水
因为它守着黄河和大海
城在湖泊中
圆月般明丽清莹

这是一个野性的湖
野性的风景织成一幅动荡的锦
芦苇、菖蒲，还有红蓼
在湖岸形成墙的作品
飞鸟不论冬夏都在这里筑巢
第二代雏鸟从小记住了祖籍

夕阳把五彩斑斓的晚霞
一股脑地赐给了湖水
满湖浮动金黄色的光芒

这湖是富足的，富有的
月亮升起来

湖水急忙收藏黄金，又张着大嘴吞噬白银
湖水神秘又神奇
水里涵养岸上的树影和天空

岸边坐着几位老人
谈古论今，口角生风
一只大鸟慢慢飞过湖面
这是它们熟视无睹的风景

我沿着月亮湖的边缘散步
一湖水银般的波光涟漪
柳树、泡桐、白杨
葱葱绿绿为它镶上花边

我这样走着
带着深深的情思
围绕着深深的湖水
湖水如唱片轻轻旋转
歌声转动到幽暗处
水鸟衔一缕旋律飞翔蓝天

湖岸的芦苇用白絮点缀
眼前层层叠叠的浪花

变轻，变缓，变成安静的脉跳
大地有了湖水也有了灵感
辽阔的风景缩小成
一片晶莹的意境

天上的明月把理念，转发给大地
一丸湖水清澈、明亮、浅淡
一群青蛙王子在竭力嘶鸣
集体抗议有污水，贼眉鼠眼窥探

树木的爱情

一棵楸树和一棵橡树
相亲相爱，白天偷偷牵手
夜里亲吻，热烈而深情
风儿看得清清楚楚
嬉笑几句赶快溜走

两棵树传来一阵阵声响
窸窸窣窣，嘁嘁喳喳
那是树木间的情话
翻译成汉语
二人同心，其利断金
执子之手，与子偕老
山盟海誓，月亮代表我的心

有一天早晨，两棵树发生争吵
吵声越来越大
连枝头的小鸟也惊惧地飞去
橡树大骂楸树，偷偷爱上烂桃花
说它牵桦树的小手

还扯人家的衣襟
森林里谁不知道桦树风流

楸树很憨倔，它说
它的爱情纯洁坚贞
树间还要有友谊
要尽量调节福利系统
尽力避免成员陷入困境
橡树努起小嘴，轻蔑地哼了一声
爱答不理，一种生气的情形

楸树消消气，慢慢开导
森林是博爱的家庭
只有共荣共生
才能抵御冬日的狂风，还有
夏天的雷暴大雨
每棵树，连同花草灌木
都是生态系统的姐妹弟兄

人间草木

草丛中有条弯弯曲曲的小径
白茅、芦苇、艾草，相伴舞蹈
跳跃感，动势感，起起伏伏
踏上小径，身体摇摇晃晃
摇摇晃晃的大地是草的节奏

一片草浪推着一片草浪
无法描摹的壮美
阳光明媚、热闹，使人想起
雷阿诺的《弯曲穿过高草丛的小径》

我走进草丛，心也窸窸窣窣
野兔警觉地仓皇逃遁
蚂蚱悠然跳来跳去
蝈蝈受惊，顿时关闭喉咙
跟着你，误入草丛的蛮荒
使我理解了曲径通幽的意境

惠特曼说：哪里有土，有水，哪里就长草

我说：哪里有草，哪里就有惠特曼的诗句

天色渐晚，黄昏的芬芳越来越浓
花花草草是漫长的沉默
弯曲的枝叶静止不动
召唤词语，解构草木，读懂大地
——静与慢是生命的韵律
是谁用绿修补诗句
这残缺的世界才充满草木深情

白，是一种气场

月色一样的银白
苍茫一样的苍白
白不是绝迹的空无，白不是生命的隐士
白是一种气场，是一切美的始端

火焰般的明目
阳光般的温柔
一片纯净的白
可以璀璨无数生命的形象

黑夜是对白的对抗
阴影是对折的背叛
在生命巨大的磁场中
白，永远闪烁着宁静的光芒

白云，驱逐蓝天的寂寞、空虚
白雪，抚慰大地的伤痕
是白创造了五彩斑斓的人间
白是永恒，是超现实主义的常新

第六辑　在时间的旷野上

风雨秋野

树叶迎合秋风的旋律
由绿变黄，由黄变红
细雨开屏渲染秋色浓重

高粱以名人的方式，走向成熟
玉米是靠知名度，换取一身金黄
大豆走得太慢，手摇铃铛进入角色
最爱羞的苹果，红着脸儿成为新娘

秋风贴着松柏耳语
如何攀缘迷茫伟岸的历史
秋雨叮咛红枫，句句深情
怎样落入秋林雅座，赢得天使的尊重

最是野菊花站在雨中，并不孤寂
表现出睿智和大度
面对衰草小花的凋零
它展示出一种古典肃穆

雨天的洲野，一片水墨滃然
经洗的赤橙黄绿青蓝紫
像你的诗描绘得那样鲜艳
但串串雨滴还未达到一首诗的维度
是兴奋，是迷茫，是悲伤，乱了雨线

田野的舞台上，生旦净末丑
各自表演生命的衰老与新生
只有黑麦草傻乎乎地
挺立在荒原，不屈不折
在忧郁的风雨中表现
一派骨气峥嵘

生　活

为了写诗，我深入生活
住在一家农家乐“宾馆”
不大的庭院开满丛丛野花
指甲草、蒲公英、狼毒花
野香、野味、野性的葱茏

鸟儿在树枝上搭建生活
野鸡睡觉草丛
风儿吹过
它们才勉强翻动自己的草木之心

我最喜欢这里的夜晚
广阔的夜空布满晶莹的眼睛
只有月光用新酿的甜蜜舔舐微醺的夜
乡村的夜晚像诗一样宁静
今天的夜晚是昨夜的抄袭
连蟋蟀的叫声也未变调

早晨我被鸟儿叫醒

看一眼手机，才六点整
感谢它们校正了我的生物钟
从山泉中捧出一掬野水
诗意的清凉从脸直流进心中

太阳为序，月亮作跋
这个残缺的世界也值得歌颂

野百合花

荒原上开放着许多美丽的花
就像羊眼眸中亮着的星星
蓝的、红的、白色、紫的
密密麻麻覆盖着荒原的颜色
有朵野百合用洁白的花装点
护林人的木屋
野性的安静开出眷恋的叹息

木屋前有条小溪潺潺湲湲
它借青草的口，倾吐相思之情
手机无信号，小屋里没电灯
天地间全是自然的光

几只百灵鸟掠过荒原上空
像诗人寻找灵感，捕获如歌的行板
在空旷里赶路
百合花微微一笑，展示着一种超越的激情

多嘴的风儿唠唠叨叨地说着

诗经、离骚、汉赋、唐诗、宋词
都是从高空落下，变成永恒
只有接近地气
你的文字才有风骨
你的诗才有自己的生命

在夜的边缘

静静的夜晚
我夜读更阑
到小园里小憩
夜色很浓
槐花涩甜，海棠芬芳，草花清香
我呼吸着浓馥的夜气
心灵像沉静的夜晚

一只夜莺不安地叫了几声
惊醒睡眼惺忪的麻雀
喳喳两声尖叫，像锋利的刀片
刺破静夜，伤口流淌着黑色的血

我坐在石凳上静观天宇
星光灿然却躲躲闪闪
像偷吃过阳光，心虚胆战
我想起梵高的《星夜》
泛白的夜色有种神秘和恐怖感
我想起里尔克的夜，因满月而宽广

也感到夜的边缘在颤动，沸腾

今天是我的夜晚
满天的星斗静谧、深邃幽暗
我蒙眬中睡去
醒来，深深吸了一口夜色
吐出一缕熹微的黎明，静穆、庄严

春之声

早晨醒来，一夜细雨淋湿了春天
窗玻璃还挂着激动的泪珠
春天躲在草丛中早已沉不住气
急急催促蒲公英放飞绒花小伞
命令海棠树绽开一片火焰的鲜红
埋怨杏花偷懒，行动迟缓
批评桃花耽误了一周的时间

春天向大地踹了三脚，吼道
蛐蛐、蚯蚓、蝼蛄，还有蟋蟀
赶快滚出来，小狗日的！睡了一冬还没睡够吗
连萤火虫也被点了名，让它连夜赶路
晚八点，晚会就要开幕
报幕员更要首先到场

春分，这个名字让人惊喜
春天的到来，从来都是气血充足
鲜艳、灿烂、柔和、大度、繁华
它可扶正四海倾仄的大地和天空

早晨印象

早晨，清新得使人心疼
窗外的蔷薇花，盛满露珠的晶莹
乳白色的晨雾，像诗一样朦胧
风吹海棠树，刚刚从梦中苏醒
哈欠连天，一身倦意随风而去

几棵翠竹摇曳着绿色的波浪
这南国的佳木，嫁给了北方
欢欢乐乐，误将他乡为故乡
微风吹拂池水，涟漪叠叠
红色的、白色的、黑色的小金鱼
欢乐得像初恋，幸福欢畅

没有人理睬它，多姿多彩的形象
只有通红的阳光，送来亲切的问候
整个流水都闪烁着粼粼波光
水在歌，鱼在翔，鸟在唱
早晨的一切都热情奔放

郁闷的生命，孤独的生命
漂泊的生命，隐忍的生命
还有衰弱的生命
赶走沉沉的黑夜
黎明沿着曲折的地平线，蹒跚走来

在这灿烂的早晨，在这黄河岸边
像饱饮甘露的鲜花一齐开放
你听，连窗檐上的鸦雀都相约
太阳一出，才放开翅膀飞翔

轻轻的南风

轻轻的南风
轻轻的春风
三月，是轻狂的季节
晨光亲吻着每棵小花小草的眉腮

矢车菊、木芙蓉、野百合、紫罗兰
它们欢欢乐乐挤在大地臂部
像一群刚出生的小狗崽
连眼睛也未睁
只用小嘴使劲地吮着春光

天空的光辉像泥土一样深情
南风轻轻，喜气盈盈
花草作谋，鸟儿相恋
一场大自然的婚礼，在大自然中举行
看那枝头上落满一树甜蜜和欢腾

窗前读蓝

拉开窗帘
窗外一片无边无际的蓝
我走到蓝中有无限的呼唤
有纯净和超脱的渴望

蓝是典型的天空蓝
它给人最强烈的是宁静
当蓝化为黛色，是超脱人世的悲伤
蔚蓝色越浅，它就越淡漠
遥远和淡雅
宛如高远的蓝天

淡蓝色像一支长笛
蔚蓝犹如一把大提琴
深蓝可谓是一架教堂的风琴
优雅而高贵

我看见
一群穿着牛仔裤的年龄

躺在草地上与天空比试
张开想象的翅膀
呼吸着缕缕芬芳的蔚蓝

云飘来
可以遮住星光
遮住月亮，遮住太阳
可它永远遮不住天空的蓝
蓝是孕育一个天国的情怀
一片无声无息的静谧

不同的河岸

走近大河，我仿佛感受到生命的哲学
再伟大的河流，也是大海流浪的子女
海纳百川不是人类的词汇，是大海的语言
流水消逝了，不值得惋惜
苍茫和浩瀚才有分量，尽管沉默不语

走近大河，我明白了一些道理
伟大并不表现在嚣张，排他主义
河流失去大地的根系，却扎根永恒的海水
在海陆交错的地方，我痛苦地沉思
一滴水脱离大海有什么意义

大河失去奔腾的气势
大河失去涛飞浪卷的情感
大河失去母亲柔软的深情，父亲粗犷的爱
大河的户口被注销了
我有些悲伤，困惑和迷茫

有人望着落日，暗自沉默

在这个世界上，一只鸟，一朵花
不能说明什么，鸟亡花落
大海连看也不看它一眼，自顾汹涌澎湃
海风萧萧，云舒云卷，一切杳无信息
鸟儿没留下歌声，花儿未留下芬芳
地方志上都没有留下一笔
它并没有感到什么不妥

雁过留声，人过留名，人生的惮意
——就是奋斗不息
甭管小人的歪曲，我追求我爱的东西
走近大河，我看到流水呈现心灵的写照
人生像条河流，只有流动才有意义

落 雪

雪花踩着猫的脚步
轻轻柔柔走来，一言不发
默默从高空落在树枝上
完成了精美的装饰

落在场院，落在大地
多一层洁净，多了一层美丽
它在空中轻舞
一朵朵，像白玫瑰的妹妹

有时像天女散花
风挑逗她，她晃晃身影
云戏弄她，她花瓣的嘴角盛满微笑
从高空洒下颠沛流离
柔弱、纯净，和这个世界格格不入
所以她融化了，消逝得无痕无迹

在时间的旷野上

三角洲是母亲黄河的繁衍物
是时间的半成品
需太阳和风霜雨雪共同艺术加工
才构成一处璀璨的风景

我行走在时间的旷野上
一切生长的都充满激情
一切静止的都心事重重
一切抒情的诗句伴着晨光写出
一切颓丧的情绪都随夜色逝去

小鸟从梦中醒来添了自然的灵性
野玫瑰开花了，一夜间发育成青春
芦苇和芦荻，红柳和白茅疯狂贪婪
把洲野闹腾得人欢马叫
谁知这陌生的荒野，启示着世界

我行走在时间的旷野上
发现所有词汇都很陈旧

只有离离荒草挣脱白居易的窠臼
看大野的空阔和苍茫，干净和热烈

这片年轻的土地，阳光读过
月光读过，风也读过
但风没有记忆
只有树木把岁月刻在年轮里
——那是生命的传记

我们需要荒野，需要湿地
我们需要大自然的原创
一阵荒芜的野风吹来
三角洲随风成长
广阔、浩瀚、苍茫……
这些大词搁在它身上一点不显得过分

我行走在时间的旷野上
大象无形，旷野萧瑟
这是一片新鲜而陌生的土地
一粒粒宁静、细碎、纯净
河流以强有力的语言，融进大海的语境
成就天地之大美

我锤炼诗句

在语言的八卦炉里，
我叮叮当当锤炼诗意，
有一行瘦骨嶙峋，
没有温度，却有寒意，
一种冷却的美丽。
诗就在这里，
窗外的凌霄花，
一直开到冬季。

在语言的化验室里，
我用试管化验诗意，
有一行棱角太锋利，
容易伤人，也易伤己，
犀利的对岸是温柔，
软软的平庸，绵绵的湿润，
诗在这里，
经过冰与火的淬砺，
人的双腿才有攀登的力气。

在诗的苗圃，

我播种一行行诗句，

豆瓣一样萌芽展蕊，

绿葱葱像超市般拥挤，

我删繁就简，

只剩下一句，

诗，就在这里。

任风刀霜剑，扎根泥土，

像山一样屹立。

我整理寂寞，

携带孤独，走进林莽。